Atados por el destino
Tracy Wolff

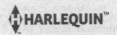

Editado por Harlequin Ibérica.
Una división de HarperCollins Ibérica, S.A.
Núñez de Balboa, 56
28001 Madrid

I.S.B.N.: 978-84-687-9478-5
Depósito legal: M-5840-2017
Impresión en CPI (Barcelona)
Fecha impresion para Argentina: 30.10.17
Distribuidor exclusivo para España: LOGISTA
Distribuidores para México: CODIPLYRSA y Despacho Flores
Distribuidores para Argentina: Interior, DGP, S.A. Alvarado 2118.
Cap. Fed./Buenos Aires y Gran Buenos Aires, VACCARO HNOS.

Capítulo Uno

Era el hombre más guapo que había visto nunca.

Desi Maddox sabía que aquella afirmación sonaba excesiva e incluso melodramática, dado que estaba en una sala repleta de personas atractivas, ataviadas con ropas deslumbrantes. Sin embargo, cuanto más lo miraba, más convencida estaba. Era guapísimo, tanto que, durante bastantes segundos, Desi no pudo centrarse en nada que no fuera él.

No era de extrañar. Cuando la mirada esmeralda de aquel desconocido se cruzó con la de ella por encima del mar de personas que los separaba, las rodillas a Desi le empezaron a temblar. Hasta aquel momento, siempre había pensado que aquello era tan solo un cliché propio de películas o de novelas románticas. Sin embargo, allí estaba, en medio de un salón de baile abarrotado, sin poder hacer otra cosa que no fuera mirarle, mientras el corazón le palpitaba a toda velocidad.

Saber que no volvería a verle era lo que necesitaba para poder centrarse en por qué estaba allí, rodeada de los miembros más selectos de la alta sociedad de San Diego. Su jefe no la pagaba por localizar a los hombres más guapos de las fiestas a las que debía acudir.

Sacudió la cabeza y se obligó a apartar los ojos de aquella mirada magnética para poder centrarse en la elegante gala y en sus estilosos invitados. Efectivamente, todos los eran, de los más elegantes con los que había estado nunca. Incluso él lo era. Sin que Desi pudiera contenerse, sus ojos volvieron a mirar al guapo desconocido que había captado su atención. Alto, moreno, atractivo y elegante, con un esmoquin de cinco mil dólares y unos resplandecientes diamantes en los gemelos. Desi jamás podría esperar compararse a él.

Tampoco lo quería. Aquel no era su ambiente. Su jefe no tardaría en reconocerlo y le encargaría otros trabajos, trabajos con los que esperaba poder cambiar el mundo. Después de todo, ¿qué importaba que la esposa del alcalde de San Diego llevara puestos unos Manolos o unos Louboutin?

Desgraciadamente, importaba demasiado para muchas personas. Por eso, se tomó su tiempo en estudiar a todos los invitados e identificarlos. Al hacerlo, no supo si sentirse encantada u horrorizada por reconocer a casi todos los que estaban allí. Después de todo, era su trabajo y le agradaba comprobar que las horas que se había pasado examinando revistas y fotografías no habían sido un desperdicio.

Al contrario que el resto de los presentes, Desi no estaba en aquella fiesta para beber champán y gastarse un montón de dinero en una subasta benéfica. No. Su trabajo era prestar atención a todo lo que hacían los demás para poder escribir de ello cuando llegara a su casa. Si tenía suerte, si mantenía los ojos abiertos, la boca cerrada y las estrellas se alineaban a su favor, alguien diría o haría algo escandaloso o importante para que ella tuviera la oportunidad de escribir sobre ello en vez de sobre el bufé, el vino o el diseñador que estaba de moda entre la élite social del sur de California.

Aunque no tuviera suerte, tenía que prestar atención de todos modos. Tenía que recordar quién estaba saliendo con quién, quién había dado un paso en falso en su atuendo y quién no…

Su trabajo como reportera para la página de sociedad de *Los Angeles Times* era tan aburrido como sonaba. Trataba de no pensar demasiado en que se había pasado cuatro años en la Facultad de Periodismo de Columbia para terminar allí. Su padre habría estado tan orgulloso de ella… Desgraciadamente, había muerto en Oriente Medio hacía seis meses.

Un camarero pasó a su lado con una bandeja llena de copas de champán. Desi tomó una y la vació de un largo, y esperaba que elegante, trago. Después, bloqueó la muerte y la desaprobación de su padre del pensamiento. Tenía que centrarse en su trabajo.

Para hacerlo, tenía que fundirse con el ambiente que le rodeaba. No es que tuviera muchas posibilidades de hacerlo dado que llevaba un vestido comprado en unos grandes almacenes y unos zapatos de rebajas, pero podría intentarlo al menos hasta que su jefe viera la luz y le encomendara asuntos más importantes. «Y más interesantes», pensó, sin poder reprimir un bostezo al escuchar la quinta conversación de la noche sobre liposucción.

Se giró para dejar su copa vacía en la bandeja de un camarero. Al hacerlo, su mirada se cruzó una vez más con unos maravillosos ojos verdes. En aquella ocasión, el hombre al que le pertenecían estaba a menos de un metro de distancia de ella.

Desi no supo si alegrarse o salir huyendo. Al final, no hizo ninguna de las dos cosas. Se quedó mirando, estupefacta, aquel hermoso rostro mientras trataba de pensar algo que decir que no le hiciera parecer una completa idiota. No lo consiguió. La mente, que normalmente reaccionaba con rapidez, se le había quedado en blanco. Tan solo la ocupaban imágenes de aquel hombre. Pómulos marcados. Cabello despeinado que le caía por la frente. Resplandecientes ojos verdes. Sensuales labios que se habían transformado en una amplia y encantadora sonrisa. Anchos hombros. Estrechas caderas. Alto, tan alto que Desi tuvo que levantar la mirada a pesar de que, gracias a los altos tacones de sus zapatos, rozaba el metro ochenta de estatura.

La palabra guapo no le hacía justicia. Tampoco ninguna otra palabra que se le ocurriera en aquel momento. Durante un segundo, Desi se vio asaltada por el temor de que se notara lo que estaba pensando, algo que no le había ocurrido nunca en sus veintitrés años de existencia. Sin embargo, nunca había visto a un hombre así tan de cerca. De hecho, no había visto a un hombre así nunca, ni en la vida real ni en las fotografías y, sin embargo, allí estaba, frente a ella, ofreciéndole una copa de champán.

–Parece tener sed –dijo.

Su voz encajaba con su imagen. Profunda, misteriosa y, al mismo tiempo, con una cierta picardía. De repente, las rodillas de Desi no fueron lo único que le empezó a temblar. Comprobó que la mano que extendía para tomar la copa le temblaba también.

¿Qué demonios le ocurría?

La libido había tomado las riendas de su cuerpo y dominaba incluso su cerebro. Tenía que encontrar el modo de que este comenzara de nuevo a funcionar, aunque no tuviera ni idea de cómo responder al comentario que él le había hecho.

Al final, consiguió reaccionar y, por suerte, salió a relucir su sentido del humor.

–¡Qué curioso! Yo estaba pensando exactamente lo mismo sobre usted.

–¿De verdad? –replicó él con una pícara sonrisa que produjo un extraño efecto al estómago de Desi–. Pues no se equivoca.

Levantó su propia copa y dio un largo trago. Desi observó, atónita, durante un segundo antes de conseguir sacudirse aquella sensación. ¿Cómo era posible que la excitara hasta el modo en el que bebía? Tal vez debería darse la vuelta y marcharse mientras aún podía.

Entonces, comprendió que no lo haría, en parte porque no estaba segura de si le iban a sostener las piernas si trataba de echar a andar para marcharse de la fiesta y, en parte, porque en aquellos momentos no deseaba estar en ningún otro lugar más que allí.

–Por cierto, me llamo Nic –dijo mientras observaba cómo ella bebía de su copa.

–Y yo Desi.

Ella extendió la mano. Él la tomó, pero, en vez de estrechársela tal y como Desi había esperado, se limitó a sujetarla mientras le acariciaba la palma con el pulgar.

El roce era tan delicado, tan íntimo, tan diferente a lo que había esperado que, durante algunos segundos, ella no supo qué hacer ni qué decir. Una minúscula voz en su interior le recomendaba que se soltara y que se alejara de allí, pero se vio acallada por la atracción y el calor que ardía entre ellos.

–¿Te gustaría bailar, Desi? –le preguntó él mientras le quitaba la copa de la otra mano y la dejaba en la bandeja de un camarero que pasaba junto a ellos.

Debería negarse. Tenía un millón de cosas que hacer en aquella fiesta, cosas que no tenían nada que ver con bailar con un hombre rico y guapo que seguramente sabía más de seducción de lo que ella sabría nunca. Entonces, a pesar de que aquello podría pasarle factura antes de que terminara la noche, asintió.

Dejó que él la llevara hasta la pista de baile. La orquesta estaba tocando una canción lenta. Él la tomó entre sus brazos y los dos comenzaron a bailar. La estrechó contra su cuerpo más de lo necesario o de lo que se esperaba en un primer baile entre dos desconocidos. Le colocó una mano en la parte inferior de la espalda, dejando que los dedos se le curvaran suavemente por encima de la cadera. Con la otra mano, seguía sujetando y acariciando la de Desi. Su fuerte torso rozaba el pecho de ella a cada paso que daban. Lo mismo ocurría con los muslos.

En lo más profundo de su ser, Desi se sentía líquida por dentro. Sentía que iba cayendo poco a poco bajo su embrujo. Sabía que era una locura, pero, por primera vez en su vida, no le importó. No le importó que fuera mala idea permitir que él la tocara o que pudiera lamentarlo más tarde. Tampoco le importaba que pudiera tener problemas en el trabajo por haber estado con Nic en vez de tratar de conseguir comentarios de las celebridades locales. Si se paraba a pensarlo un instante, tenía que reconocer que eso no tenía sentido. Era una mujer que vivía para trabajar, que se moría por adquirir reconocimiento como periodista. El hecho de estuviera arriesgando eso por un hombre al que acababa de conocer resultaba absurdo.

Ella nunca había sido esa clase de mujer ni había deseado serlo y, sin embargo, allí estaba, arqueándose hacia él para poder rozarse contra su cuerpo en vez de alejarse de él. Rendirse en vez de presentar batalla.

El brillo en los ojos de Nic resultaba tan evidente como lo era el modo en el que apretaba la pelvis contra la de ella. Sin embargo, en vez de ofenderla, la excitaba. Después de todo, una noche no le haría mal a nadie, como tampoco un beso. Al menos eso era lo que pensaba aquella noche, y no tenía la intención de dejarse convencer de otra cosa.

Por eso, después de suspirar profundamente, le apretó la mano ligeramente contra la nuca y lo empujó hacia delante. Fue tirando de él hasta que sus cuerpos se juntaron por completo y los labios se unieron.

Capítulo Dos

Era deliciosa. Aquello era lo único que Nic Durand era capaz de pensar mientras fundía sus labios con los de la hermosa rubia que tenía entre los brazos. Recordó que ella le había dicho que se llamaba Desi mientras luchaba por no perderse por completo bajo el tacto de aquellas suaves manos y el cuerpo que se apretaba con fuerza contra el suyo.

Le resultó más difícil de lo que le había sido nunca. Había conocido y seducido a muchas mujeres en su vida, pero nunca se había sentido tan afectado por ninguna. Nunca había estado tan cerca de olvidar quién era y dónde estaba. Sin embargo, allí estaba, asistiendo a su primera gala benéfica desde que su hermano y él trasladaron la central de su empresa de diamantes a San Diego a principios de año y lo único en lo que era capaz de pensar era en besar y acariciar a una mujer que acababa de conocer.

Como segundo al mando de Bijoux, estaba a cargo del marketing, la publicidad y las relaciones públicas de la empresa. Su trabajo consistía en acudir a aquellas ridículas fiestas y donar piezas a la subasta para seguir acrecentando la imagen filantrópica de la empresa en la que su hermano Marc y él ponían todo su esfuerzo desde que se hicieron cargo de ella hacía ya más de una década. El hecho de que él acabara de dar un montón de dinero a una obra benéfica no significaba nada. Después de todo, la experiencia le había demostrado que comprar entradas para aquellas aburridas galas siempre le reportaba a su empresa una publicidad muy positiva, algo que era fundamental. Era el mejor modo de conseguir que se les abrieran las puertas. Aquella noche, había acudido a aquella fiesta con un plan, personas a las que conocer y negocios que realizar. Sin embargo, había bastado una mirada de Desi para hacer que todo aquello se esfumara.

Y no le importaba.

Era extraño. Una locura. Sin embargo, no iba a resistirse cuando un simple beso había sido más excitante que todo lo que había hecho antes con otras mujeres.

Con ese pensamiento en mente, le presionó un poco más la espalda, estrechándola contra él. Ella gimió un poco con el contacto y abrió ligeramente la boca para dejar escapar un sonido. Nic aprovechó el instante para lamerle el labio superior y luego el inferior. Ella volvió a gemir y levantó las manos para agarrarle la pechera de la camisa. Era la única invitación que Nic necesitaba.

Introdujo la lengua entre los labios y la enredó con la de ella. Una, dos veces. Una y otra vez. Acariciándola, provocándola, saboreándola... Aprendiendo sus sabores y sus secretos.

A pesar de su fría apariencia –cabello rubio platino y ojos azules, esbelto cuerpo y bellos pómulos– Desi era fuego y pasión. La calidez que emanaba de ella lo seducía, lo atraía de tal modo que era en lo único en lo que podía pensar.

Le enredó la otra mano en el sedoso cabello y tiró

11

de él suavemente. Ella respondió echando la cabeza hacia atrás, facilitándole así el acceso a la boca. Nic lo aprovechó sin dudarlo, sin pensar en nada más que en lo mucho que la deseaba.

Le sujetó el labio inferior entre los dientes y se lo mordió suavemente, para luego aliviar el dolor con la lengua antes de volver a explorar de nuevo el interior de la boca.

Desi gimió suavemente, acurrucándose contra él, permitiéndole el acceso, dejándole que enredara la lengua con la suya. Nic no dejaba de pensar que ella sabía tan bien y tenía un tacto tan agradable que no había nada que deseara más que permanecer allí para siempre.

En ese momento, alguien le empujó. Aquel contacto rompió el embrujo y le hizo regresar a la realidad lentamente. Debería sentirse avergonzado o, al menos, sorprendido de haber dejado que aquella situación llegara tan lejos, pero no le importaba. No le preocupaba la gente que los rodeaba ni lo que pudieran estar pensando. Lo único que deseaba era llevarse a Desi de allí y poseerla tan rápido como pudiera.

Se apartó de ella de mala gana y se obligó a ignorar las protestas de Desi y el modo en el que estas parecían dirigírsele directamente a la entrepierna. No le resultó fácil apartar la mirada de aquellas mejillas sonrojadas, los henchidos labios y los ojos entrecerrados. Sin embargo, si no lo hacía, se olvidaría por completo de los convencionalismos sociales y la poseería allí mismo, en medio de la pista de baile, donde todos pudieran verlos.

Aquel pensamiento le hizo colocarle la mano en la parte inferior de la espalda y animarla a atravesar la pista de baile hacia la agradable oscuridad del balcón. Mientras avanzaban, Nic trató de ignorar las miradas. No le resultó fácil, sobre todo cuando vio las miradas que estaban dedicándole a ella muchos de los hombres con los que se cruzaban. Comprendió que le faltaba muy poco para gruñir y golpearse el pecho como una especie de hombre de las cavernas y eso le animó a seguir avanzando.

Desi lo acompañaba de buen grado, lo que le ayudó a aplacar los sentimientos que se habían apoderado de él. En cuanto llegaron al exterior y cerraron la puerta, Desi se abalanzó sobre él, rodeándole el cuello con los brazos, pegando desesperadamente su cuerpo al de él y buscándole ansiosamente la boca con la suya.

Aquella urgencia desató un fuego dentro de él, una pasión que no pudo aplacar, que no quería aplacar.

Aquel pensamiento lo sorprendió. Adoraba a las mujeres y siempre le había gustado todo lo referente a ellas. Sin embargo, el deseo que sentía hacia Desi era una sensación nueva, inesperada y excitante.

Sin separar la boca de la de ella para poder seguir explorándosela como hasta entonces, Nic movió a Desi hasta que la espalda de ella quedó contra la pared. Ella protestó suavemente cuando la piel desnuda de la espalda entró en contacto con la fría y dura piedra del edificio, por lo que Nic colocó un brazo para protegerla.

–Por favor… –suplicó ella mientras apretaba la pelvis contra la de él y le agarraba la pechera de la camisa, tirando de ella con una frenética necesidad que reflejaba perfectamente la de él.

Para ayudarla y conseguir que por fin ella le acariciara la piel desnuda, Nic se apartó ligeramente para abrirse la camisa. Desi suspiró y deslizó las manos ávidamente por debajo de la tela para acariciarle las costillas, la espalda y el abdomen.

Aquellas caricias resultaban tan agradables... ella resultaba tan agradable... que durante unos segundos Nic permaneció completamente inmóvil, permitiendo que ella le explorara. Por fin, cuando ya no pudo contenerse más, le bajó la parte superior del vestido para poder verla, tocarla y besarla.

—¡Oye! —protestó ella—. Aún no había terminado...

—Lo siento —susurró él mientras observaba la piel tostada por el sol que acababa de dejar al descubierto. Desi no llevaba sujetador, pero tampoco lo necesitaba. Tenía los pechos pequeños y erguidos, coronados por unos rosados pezones que ansiaba saborear—. Te prometo que más tarde podrás tocarme por donde quieras. Más tarde. Ahora, tengo que...

No pudo terminar la frase. Empezó a besar apasionadamente el cuello, la clavícula y los hombros de Desi antes de centrarse en los pechos. Tenía la piel tan suave y fragante como se había imaginado que sería, Se metió un pezón en la boca y comenzó a trazar círculos en la aureola con la lengua y a succionar lo suficiente para que ella gritara de placer. Nic sintió que, si no la poseía pronto, moriría.

—Necesito estar dentro de ti —gruñó él contra el seno de Desi.

—Sí... —susurró ella deslizándole las manos desde el cabello hasta los hombros, luego desde el pecho hasta la cintura. Allí, comenzó a desabrocharle el cinturón—. Ahora.

A Nic le parecieron las dos palabras más hermosas

que había escuchado nunca. Deslizó una mano por debajo de la sedosa falda azul del vestido y comenzó a acariciarle el muslo hasta que encontró la ropa interior y, lo más importante, el sexo. Trazó la goma elástica de las braguitas durante unos instantes, gozando con el tacto, para luego tocarla a ella a través de la tela. Suave. Húmeda. Caliente, tan caliente que tuvo que hacer uso de todo su autocontrol para no hundirse en ella allí mismo. No obstante, no se pudo resistir a deslizar dos dedos por debajo del encaje. No se pudo resistir a tocarla y acariciarla hasta que Desi dobló las rodillas y se tuvo que agarrar a él para no caerse. No se pudo resistir a introducir un dedo y luego otro en sus sedosa y ardiente feminidad.

–¡Nic!

Aquella exclamación fue en parte una orden, en parte una súplica. En aquellos momentos, Nic no deseaba nada que no fuera darle lo que ella le pedía, pero primero… Arrancó el delicado encaje con un fuerte tirón y luego se arrodilló delante de ella.

–Oh, sí –gimió ella agarrándose a él mientras Nic le levantaba una pierna y se le colocaba encima del hombro.

Con ese gesto, la abrió completamente a sus ojos, manos y boca. Entonces, se inclinó y sopló justo encima del punto más sensible de su feminidad. Desi gritó y luego exhaló un sonido ahogado que desató la necesidad de Nic. Sin embargo, no solo se trataba de él. No se trataba de un polvo anónimo y rápido, al menos no para él. Aunque aún no sabía lo que Desi tenía que tanto le intrigaba, sabía que quería volver a verla.

Mientras iba recorriendo el liso vientre, besando,

lamiendo y succionando cada centímetro de su piel, ella le colocó las manos en la cabeza y le enredó los dedos en el cabello de una manera que lo excitó aún más. El placer se apoderó de él de tal manera que gruñó de deseo antes de morderle la cadera como venganza.

Desi volvió a gritar, se tambaleó un poco y se esforzó por mantenerse en pie. La evidente excitación de ella alimentaba la de él. Nic la mordió una segunda vez, una tercera, para luego lamerle suavemente la piel y seguir explorando. No pudo evitar preguntarse si le habría dejado alguna marca, si ella se miraría al espejo al día siguiente y encontraría pequeños hematomas sobre las caderas, el vientre y los muslos y pensaría en él del mismo modo en el que Nic estaría pensando en ella…

–Por favor, por favor… –gimió ella.

Nic se echó a reír y volvió a besarle el vientre, para luego bajar poco a poco, hasta que la lengua estuvo rozando el borde de su sexo. Desi temblaba, sujetándose con él y abrazándose a él al mismo tiempo. A Nic le encantaba el modo en el que lo envolvía, gozaba viendo que ella estaba tan afectada como él por lo que estaba ocurriendo entre ambos.

Como respuesta a lo que ella parecía suplicarle en silencio, Nic se acercó más y le separó las piernas para poder bajar un poco. Como respuesta, ella comenzó a acariciarle el rostro. La sensación resultó tan agradable que Nic no supo qué hacer. Por un lado, ansiaba estar dentro de ella con una desesperación que bordeaba la locura, pero deseaba aquello mucho más. Necesitaba verla mientras alcanzaba el orgasmo, saber qué aspecto tenía, los sonidos que emitía, su sabor cuando la llevara hasta lo más alto del clímax.

Con ese pensamiento, se inclinó y comenzó a lamerla. Entonces, estuvo a punto de perder el control cuando Desi se apretó una mano contra la boca para ahogar un grito.

Desi se sentía presa de una sobrecarga sensorial. Todos los nervios de su cuerpo saltaban de placer ante las sensaciones que le producían las caricias de Nic. Sentir el fuerte brazo rodeándole la cintura, la enorme mano acariciándole el trasero. Notar cómo los dedos aún ardían dentro de ella. Ver cómo movía la boca contra su sexo…

Era una sensación increíble, tanto que no podía evitar tensarse contra la pared, contra la mano e incluso levantar ligeramente las caderas para facilitarle el acceso.

Estaba tan cerca que a él no le costó mucho llevarla al borde del abismo. Sabía que él era consciente de lo cerca que estaba. Lo notaba en la tensión de los hombros de Nic, en la manera en la que la acariciaba. Durante un instante, se preguntó a qué estaba él esperando, pero el placer que le estaba proporcionando, el cuidado que se estaba tomando en acariciarla le impidió seguir pensando.

–Nic, no puedo…

–Claro que puedes.

–No puedo. Necesito…

–Sé lo que necesitas… –murmuró. La besó entonces apasionadamente, con la boca abierta, haciendo que las rodillas le temblaran. Todo su cuerpo se tensó y se tuvo que agarrar de nuevo a él. Le tiró de la camisa, del cabello, de la pajarita que le colgaba inerte del cuello.

–Por favor, por favor, por favor… –murmuró arqueándose contra él. Necesitaba más. Lo necesitaba a él.

Nic lanzó una maldición. Ella sintió las palabras contra su piel. Aquella sensación solo acrecentó la tensión que ardía dentro de ella hasta que no pudo seguir pensando ni casi continuar respirando. Lo único que podía hacer era sentir.

Entonces, Nic lo hizo. Retorció los dedos dentro de ella y lamió la parte más sensible de su feminidad mientras que, con la mano que le quedaba libre, le pellizcó con fuerza un pezón. Desi se dirigió sin control hasta el borde del éxtasis, temblando, poseída por el placer más intenso que había experimentado en toda su vida.

–¡Nic! –gritó, perdida en aquella vorágine de sensaciones.

Él siguió acariciándola, haciéndola subir más y más, empujándola hasta las estrellas. Cuando el placer se rompió por fin, Desi volvió a ser dueña de su cuerpo, pero Nic no se lo permitió durante mucho tiempo. Se abrió la bragueta al tiempo que se puso de pie. Entonces, le colocó las manos por debajo del trasero y la levantó.

Ella seguía aún ebria de placer, pero supo reaccionar. Le rodeó la cintura con las piernas y se agarró a los anchos hombros antes de reclinarse ligeramente contra la pared. Inmediatamente, Nic se presentó ante ella, grande y firme. Desi acababa de tener un orgasmo, pero cuando él comenzó a penetrarla, le resultó imposible no responder.

Se había mostrado paciente y cuidadoso para asegurarse de que ella quedara satisfecha, tanto que Desi esperaba que en aquel momento él se mostrara impaciente, que fuera brusco y rápido. Una vez más, se tomó su tiempo. Se inclinó hacia delante y le susurró:

–Eres tan hermosa.

Después, comenzó a besarle delicadamente la mejilla. Aquellas palabras, combinadas con las sensaciones que sentía contra el centro de su cuerpo, la excitaron un poco más.

–No pasa nada –respondió ella arqueándose contra él para animarle–. Estoy lista.

Nic gruñó y empujó un poco más hasta que se hundió a la mitad dentro de ella.

–¿Estás bien? –insistió, aunque se notaba lo mucho que se estaba esforzando por contenerse.

Más afectada de lo que le hubiera gustado sentirse, se inclinó hacia él. Jamás hubiera esperado algo así de un tórrido encuentro sexual con un desconocido. Le besó suavemente, para corresponder la preocupación que él mostraba hacia ella.

–Por favor –susurró–. Quiero sentirte dentro de mí.

Aquellas palabras bastaron para que el autocontrol de Nic se rompiera como una frágil ramita. Se hundió en ella con fuerza, golpeándola contra la pared. Sin embargo, Desi estaba tan excitada, tan húmeda, que experimentó placer en todos los nervios de su cuerpo.

–¡Maldita sea! –gruñó moviéndose con fuerza contra ella–. Esto es maravilloso...

Cuando Desi estaba esperando otro brusco envite, Nic volvió a sorprenderla. Le besó delicadamente la frente, las mejillas, los labios, mientras permitía que ella se acomodara a él. Solo cedió cuando sintió que ella se impacientaba y trataba de juntarse más con él.

Nic comenzó a moverse lentamente, pero con poderosos movimientos. Desi se agarró con fuerza. Pronto, muy pronto, se sintió al borde de un nuevo orgasmo, pero, en aquella ocasión, no quería experimentarlo a solas. No quería perderse en el éxtasis sin él.

Apretó los músculos internos para tratar de hacerle experimentar el mismo gozo que él le había proporcionado. Le rozó los pezones con los dedos y le susurró al oído lo mucho que lo deseaba. Nic no tardó en tensarse y comenzar a moverse más rápidamente dentro de ella.

De repente, se inclinó un poco hacia ella y le colocó la boca a escasos centímetros de la de ella.

–Bésame –le ordenó, un instante antes de besarla a ella.

Desi lo hizo y le tomó el labio inferior entre los dientes y lo mordió del mismo modo que él había hecho antes con el de ella. Desi quería más, lo quería todo de él.

Volvió a morder, un poco más fuerte en aquella ocasión. El dolor debió de ser lo que él había estado esperando, porque se corrió con un gruñido. Desi apartó la boca de la de él, pero Nic no quería soltarla. Le capturó de nuevo los labios, devorándoselos mientras le calor que emanaba de su cuerpo abrasaba a Desi donde quiera que ella lo tocara. El placer no tardó en apoderarse de ella, abrumándola. Se dejó llevar también, acompañándolo, con una sensación gloriosa y salvaje en el cuerpo y sintiéndose totalmente fuera de control.

Capítulo Tres

Cuando todo terminó, cuando Desi pudo volver a respirar y recuperar la capacidad de pensar, no supo qué hacer, qué decir o cómo comportarse.

Una parte de ella se sentía escandalizada. Una parte de ella no se podía creer que acabara de tener relaciones sexuales con un desconocido en un lugar público. Más que eso, en un balcón durante una fiesta en la que se suponía que ella debía estar trabajando. Si, una hora antes, alguien le hubiera dicho que estaría con la espalda apoyada contra la pared de un edificio rodeando con las piernas la cintura de Nic, del que ni siquiera sabía su apellido, teniendo los orgasmos más intensos de toda su vida, no se lo habría creído.

Sin embargo, allí estaba. Lo más sorprendente de todo era que no se arrepentía. ¿Cómo iba a arrepentirse cuando su cuerpo se sentía tan gloriosamente saciado, cuando ni siquiera sabía si las piernas podrían sostenerla? Nic aún no la había dejado en el suelo.

–¿Te encuentras bien? –le preguntó él después de un instante mientras le apretaba los labios contra el cuello.

–No lo sé. Ha sido… –respondió, sin saber qué decir.

–Maravilloso –concluyó él tras besarla suavemente el hombro–. Increíble. Una experiencia arrolladora.

Desi se echó a reír como una colegiala. El sonido le

resultó totalmente ajeno. No recordaba haberse reído así en toda su vida de mujer adulta. Ella no se reía de ese modo, aunque tampoco era la de la clase de mujeres que tienen sexo en lugares públicos y contra una pared con un desconocido. No tenía ningún deseo de moverse ni se lamentaba en absoluto de lo ocurrido.

Nic levantó la cabeza y fingió fruncir el ceño.

–¿Acaso estás insinuando que hacer el amor conmigo no ha sido una experiencia arrolladora?

Nic deslizó una mano entre ellos y realizó un movimiento circular sobre Desi. Ella contuvo la respiración y se arqueó contra él. Sabía exactamente lo que Nic estaba haciendo, sabía que la estaba provocando. Todo en él le atraía y provocaba en ella una respuesta que apenas era capaz de controlar. Su sentido del humor, la inteligencia que se le adivinaba en los ojos, el cuidado con el que la acariciaba, la tocaba y la besaba. Y, por supuesto, el hecho de que era el hombre más atractivo que había conocido nunca.

–Lo que digo es que he disfrutado mucho del sexo contigo –dijo ella.

–¿Sexo, eh? –replicó él, frotando un poco más rápido y un poco más fuerte. Las sensaciones fueron recorriéndole todo el cuerpo. Así de fácil, Nic despertaba el deseo en ella una vez más.

–Nic –susurro ella mientras le cubría la parte posterior de la cabeza con la mano y apoyaba la suya contra la fría pared.

–Desi.

La voz de él tenía un tono de broma, pero para ella no pasó desapercibida la repentina tensión, como tampoco que Nic volvió a ponerse erecto dentro de ella.

–No juegues –susurró ella. De repente volvió a sentirse necesitada, desesperada y llena de deseo, como si él aún no la hubiera satisfecho.

Nic le mordió suavemente detrás de la oreja.

–Pensaba que te gustaba que jugara… –le susurró contra la piel

–Ya sabes a lo que me refiero.

Desi se apretó alrededor de él y gozó al escuchar que él contenía la respiración y gemía suavemente. Nic entonces cerró los ojos y apoyó la frente contra la de ella. El sonido de deseo que se le escapó de los labios hizo que ella tensara los músculos internos de su cuerpo una y otra vez. Él lanzó una maldición y luego una palabra muy erótica que excitó a Desi aún más. Desde el instante en el que la sacó a aquel balcón, en realidad desde el instante en el que la besó en la pista de baile, Nic había llevado las de ganar con ella. Desi estaría mintiendo si no admitiera que le gustaba poder vengarse de él un poco, en especial cuando el hecho de hacerlo resultaba tan placentero para los dos.

Nic le apretó la mano sobre el trasero y la levantó casi por completo para dejarla luego caer de nuevo sobre él. Lo hizo una segunda y una tercera vez, sin dejar de acariciarla con la otra mano. Solo tardaron un par de minutos en alcanzar de nuevo las puertas del éxtasis. Sin embargo, cuando parecía que Desi estaba a punto de experimentar un orgasmo por tercera vez en menos de una hora, él se detuvo.

–¿Qué pasa? –le preguntó–. ¿Por qué te has parado?

–Vente a mi casa.

–¿Qué? –le preguntó ella. Estaba tan excitada que le costaba asimilar las palabras.

–He dicho que te vengas a mi casa –dijo él mientras se hundía más profundamente en ella para darle énfasis a sus palabras. Desi gimió y trató de arquearse un poco más para conseguir un poco más de presión. Sin embargo, él la sujetó con firmeza y se negó a dejarla moverse. Se negó a dejar que ella alcanzara el clímax.

–Por favor… –suplicó ella. El cuerpo le temblaba de deseo–. Necesito…

–Sé lo que necesitas –susurró él mientras la besaba de nuevo, de un modo tierno y duro a la vez–. Dime que te vendrás a mi casa y te dejaré que te corras.

Ella se mordió el labio.

–Deja que me corra… y tal vez me vaya a tu casa.

Nic se echó a reír, un profundo sonido que le envió a ella escalofríos por toda la espalda.

–Te quiero en mi cama.

Ella se tensó alrededor de él una vez más y gozó al ver que él no podía contener un gruñido.

–En ese caso, ya sabes lo que tienes que hacer.

–¿Es eso un sí? –le preguntó él acariciándola suavemente.

–No es un no.

Nic volvió a echarse a reír.

–Maldita sea, me gustas mucho, Desi.

–Pues eso espero, considerando lo que llevamos haciendo desde hace cuarenta y cinco minutos.

Desi tuvo que morderse la lengua para no admitir que a ella también le gustaba. Y mucho. No había estado con muchos hombres, solo dos antes de Nic, pero ninguno de ellos le había hecho reír. Ni fuera de la cama ni mientras hacían el amor. Hasta que llegó él, ni siquiera había sido consciente de que le faltaba algo.

Nic inclinó la cabeza y le lamió primero un pezón y luego otro.

–Vente a casa conmigo –dijo–, y me pasaré el resto de la noche mostrándote lo mucho que me gustas…

Desi no quería ceder, no porque él no le gustara, sino porque le gustaba mucho. Demasiado. Lo último que necesitaba en aquellos momentos era enamorarse de un tipo rico, carismático y sexy que podría romperle el corazón.

Sin embargo… Sin embargo, le gustaba y no estaba dispuesta a permitir que aquella noche finalizara tan fácilmente. No estaba dispuesta a alejarse de Nic ni del placer que él le proporcionaba.

–Por favor, Desi –le murmuró él contra la mejilla. Fue la primera vez que ella notó la tensión que había en su voz. Sintió que él temblaba contra su cuerpo–. Te deseo. Si quieres que solo sea esta noche, me parece bien, pero por favor…

–De acuerdo –dijo ella. En un momento desesperado y vulnerable, se olvidó por completo de la cautela.

–¿De acuerdo?

–Me iré contigo a tu casa.

–¿De verdad?

–De verdad –respondió ella con una pícara sonrisa–, pero eso será si haces que me corra otra vez en los próximos sesenta segundos.

Probablemente, aquella sería su primera y última aventura de una noche, pero eso no significaba que no pudiera aprovecharla al máximo.

–Pensaba que no me lo ibas a pedir nunca –replicó él con una pícara sonrisa.

Nic inclinó la cabeza y comenzó a besarla. En menos de treinta segundos, tuvo que ahogarle los gritos de placer cuando ella se corría, se corría, se corría...

Su casa era preciosa. Peor aún, era perfecta. Desi se estaba empezando a temer que aquello fuera simplemente un reflejo de su dueño. Aunque la mayoría de las mujeres se agarrarían con fuerza a la posibilidad de empezar una relación con un tipo rico, guapo y perfecto, Desi no era la mayoría de las mujeres. Pensar que podía enamorarse de Nic le provocaba urticaria.

Por eso, no tenía ningún sentido que estuviera sentada frente a la barra de la espectacular cocina de Nic, del que aún no conocía su apellido, a las dos de la mañana viendo cómo él preparaba unas tortitas.

−¿Y cuál es tu programa de televisión favorito? −le preguntó mientras le daba la vuelta con habilidad a la primera tanda de tortitas.

Observarle la volvía a Desi un poco loca, dado que lo único que él llevaba puesto eran unos vaqueros. No debería permitirse que ningún hombre fuera tan guapo fuera de las páginas de una revista de moda. Y ningún hombre debería poder hacer unas tortitas tan perfectas después de regalarle tres rondas del sexo más espectacular del que Desi hubiera disfrutado nunca. Iba contra las leyes de la naturaleza.

−¿Desi? −insistió él mientras la miraba por encima del hombro.

Ella trató de aparentar que no llevaba más de diez minutos observando su perfecto trasero. A juzgar por la expresión del rostro de Nic, Desi no lo consiguió. Por eso, se aclaró la garganta y trató de responder la pregunta para que él no se diera cuenta de que se estaba convirtiendo en una especie de adicta al sexo.

–No veo la televisión.

–¿Qué quieres decir con que no ves la televisión? –le preguntó él mientras se volvía a mirarla con incredulidad–. Todo el mundo ve la televisión.

–Evidentemente, no todo el mundo…

Nic nombró varios programas populares y, cuando ella negó con la cabeza, suspiró.

–Está bien. Entonces, ¿cuál es tu película favorita? ¿O es que tampoco ves películas?

–Veo películas, claro, pero me resulta muy difícil elegir solo una.

–Bueno, no necesariamente.

–¿No? Entonces, ¿cuál es tu película favorita?

–*Titanic*.

En aquella ocasión fue Desi la que lo miró con incredulidad.

–No lo has dicho en serio, ¿verdad? Simplemente me estás tomando el pelo. Tiene que ser eso.

–¿Y por qué no lo iba a decir en serio? –repuso incrédulo–. Es una película fantástica. Amor, pasión, peligro, emoción… ¿Por qué no iba a gustarme?

–No lo sé… Traición, ¿tal vez? Intento de suicidio, de asesinato, pobreza, icebergs, muerte. Por no mencionar el naufragio más famoso del mundo –dijo ella. Entonces, se detuvo a considerarlo–. Tienes razón. ¿En qué estaba pensando? Es una diversión absoluta. Evidentemente.

Nic hizo un sonido de disgusto.

–Eres una verdadera aguafiestas. ¿Te lo ha dicho alguien alguna vez?

–No.

–Bueno, pues deja que sea el primero. Eres una verdadera aguafiestas.

–Soy realista.

Nic lanzó un bufido de incredulidad.

–Eres nihilista.

Desi estaba a punto de empezar a discutir, pero se detuvo antes de hacerlo. Después de todo, ¿a quién estaba engañando? Nic estaba en lo cierto.

–*Llámame Camus…* –dijo encogiéndose de hombros.

–¿Es una película?

–¿Hablas en serio? –le preguntó, observándole mientras trataba de saber si él le estaba tomando el pelo. Sin embargo, el modo en el que Nic la miraba era totalmente inocente, como si de verdad no tuviera ni idea de qué estaba hablando ella.

Tal vez no era tan perfecto como Desi había pensado. Aquel pensamiento la hizo inexplicablemente feliz, aunque no quiso pensar demasiado profundamente en el porqué.

–Albert Camus era un escritor francés –le dijo

–Ah –respondió Nic–. No he oído hablar de él.

Aquel comentario relajó mucho más a Desi.

–Bueno, muchas personas te dirían que no te estás perdiendo nada.

–Pero tú no.

–Tal vez sí. Tal vez no.

Nic sonrió mientras le ofrecía un plato de tortitas perfectas.

–Sin embargo, aún no me has dicho cuál es tu película favorita.

–Ya te he dicho que no podría elegir una sola. No todos encontramos poesía en un naufragio.

–Una pena, pero, ¿sabes una cosa? Creo que tienes razón. Ahora que lo pienso, creo que tampoco puedo elegir una única película. Se me están ocurriendo unas cuantas más.

–¿Sí? ¿Cuáles?

–Sin lugar a dudas, *El extranjero*. Y tal vez *El huésped*. Y…

–¡Maldito seas! –exclamó ella mientras cortaba un trozo de tortita que le tiró a la cara. Él lo atrapó con la boca sin esfuerzo alguno–. Esos dos son los títulos de los dos libros más importantes de Camus.

–¿De verdad? –preguntó él con un gesto de total inocencia–. No tenía ni idea.

Desi lo miró fijamente, esperando que él se delatara. Le estaba mintiendo, estaba segura, pero el hecho de que no pudiera aseverarlo con total convicción le resultaba extraño. Eso nunca le ocurría, y se enorgullecía de ello. Por eso era una periodista de investigación tan buena. El hecho de que él tuviera esa habilidad la fascinaba y, al mismo tiempo, la ponía muy nerviosa.

Cuando vio que ella no decía nada más, Nic le indicó el plato.

–Cómete las tortitas antes de que se enfríen.

Nic agarró el frasco de jarabe de arce y lo echó por encima de las tortitas. Entonces, las cortó a trocitos y le ofreció un pedazo con un tenedor. Esperó unos segundos, pero cuando ella se limitó a mirarlo en vez de abrir la boca, Nic hizo un gesto de impaciencia con los ojos.

–Mis tortitas no están buenas si se quedan frías. Confía en mí.

Le había dicho que confiara en él. La idea era tan descabellada que Desi estuvo a punto de soltar una carcajada. El hecho de saber que él no captaría la razón la empujó a no hacerlo. Sin embargo, no pensaba confiar nunca en él. De ninguna manera. Ya lo había hecho antes, y no le resultaba un recuerdo muy agradable.

No era una amargada ni nada por el estilo. Tampoco una feminista. No era que no confiara en los hombres. Simplemente no confiaba en nadie. La vida le había enseñado una y otra vez que no podía contar con nada ni con nadie. Solo podía confiar en sí misma.

Tal vez no era una gran filosofía y, tal vez, solo tal vez, resultaba un poco nihilista. Sin embargo, era su filosofía. Había vivido guiándose por ella la mayor parte de su vida y, aunque de momento no le había reportado demasiado, tampoco le había costado mucho. Y eso, para ella, era una victoria.

Sin embargo, incluso comprendiendo todo eso, inexplicablemente, se inclinó hacia delante y dejó que Nic le diera un trozo de tortita. No sabía por qué lo había hecho, no porque a él le hiciera feliz. En absoluto.

Al terminar de masticar, Nic sencillamente le entregó el tenedor y regresó a lo que estaba haciendo. ¿Era ella la única a la que le afectaba aquella noche tan extraña?

Era una posibilidad. Nic podía ser la clase de hombre que elegía a una mujer de cada fiesta a la que iba para tener una aventura. Aquello podría significar que lo ocurrido aquella noche, era lo habitual para él. Desi se dijo que no pasaba nada, a pesar de que se le había hecho un nudo en el estómago.

—Bueno, dejemos a un lado lo de la película favorita

–dijo él después de echar una nueva tanda de tortitas a la plancha–. ¿Y tu canción favorita?

Desi tomó otro trozo de tortita.

–¿A qué vienen tantas preguntas?

–¿Y las preguntas evasivas? –replicó él.

–Yo he preguntado primero.

–En realidad, si lo piensas, yo he preguntado primero. Lo de la canción favorita. Y sigo esperando.

–Eres muy insistente –repuso ella entornando la mirada.

–Creo que la palabra que estás buscando es encantador –dijo él. Se acercó al frigorífico y sacó una botella de champán y una jarra de zumo de naranja–. Gallardo. Tal vez incluso sexy.

Nic meneó las cejas de tal manera que Desi tuvo que esforzarse al máximo para no echarse a reír.

–Sexy… Hmm. Tal vez. Yo estaba pensando en humilde.

–Bueno, evidentemente. Ser humilde es por lo que se conoce a los relaciones públicas de todo el mundo.

–¿Es eso lo que eres? –le preguntó ella, intrigada por aquel bocado de realidad–. ¿Relaciones públicas?

Nic se encogió de hombros.

–En cierto modo sí.

–Eso no es una respuesta.

Nic fingió sorpresa mientras le colocaba una mimosa delante.

–No creerás de verdad que eres la única que puede zafarse de las preguntas, ¿verdad?

Desi no pudo contener una carcajada. Realmente, Nic era el hombre más encantador e interesante que había conocido en mucho tiempo. Tal vez en toda su vida.

Extendió la mano para tomar la copa que él le había ofrecido y dio un largo trago. Mientras lo hacía, Nic aprovechó para agarrar el *smartphone* que ella había dejado sobre la encimera.

–¿Qué estás haciendo? –le preguntó ella.

–Te estoy grabando mi número para que puedas llamarme cuando quieras.

–¿Qué te hace pensar que voy a querer llamarte cuando termine esta noche?

–¿Y qué te hace pensar que no vas a querer hacerlo? –repuso él.

–¿De verdad vamos a pasar el resto de la noche haciéndonos preguntas el uno al otro sin conseguir ninguna respuesta?

–No lo sé… ¿Qué crees tú?

Desi realizó un gesto de exasperación con la mirada, pero, antes de que pudiera decir nada, el teléfono de Nic comenzó a sonar. Él no hizo ademán alguno de contestar.

–¿No vas a ver quién es? –le preguntó ella. La reportera que había en ella quería sabe quién podría estar llamándolo a las dos y media de la mañana. También quería que contestara porque Nic estaba demasiado cerca de ella. Podía sentir el calor que emanaba de su cuerpo y eso le impedía pensar con claridad y mantener la distancia a la que tan desesperadamente estaba tratando de aferrarse.

–Soy yo llamando desde tu teléfono. Así yo también tengo tu número.

Nic la miró a los ojos. En su mirada y en su voz había algo que… De repente, Desi se dio cuenta de que se estaba esforzando mucho por contener la vulnerabilidad que se estaba apoderando de ella e hizo lo que siempre hacía en situaciones similares; se puso a la defensiva.

–¿Y si yo no hubiera pensado darte mi número?

–¿Es que no quieres que lo tenga?

–No se trata de eso…

–Se trata exactamente de eso.

–No, es que… –dijo ella. Se interrumpió antes de seguir–. Eres muy complicado, ¿lo sabías?

–Me lo han dicho alguna que otra vez. Tengo una proposición para ti.

–No, gracias –repuso ella. Trató de ponerse de pie, pero Nic se lo impidió.

–No has escuchado lo que estaba a punto de decirte.

–Sí, bueno, cuando un hombre dice esas palabras a una mujer casi sin conocerla, suele terminar con ella encadenada en un sótano en alguna parte mientras él corta los patrones para hacerse un vestido de su piel.

–¡Vaya! –exclamó él riendo–. Veo que volvemos al tema del cine…

–He visto *El Silencio de los corderos*. Y sé cómo funcionan estas cosas.

–Eso parece. Desgraciadamente, yo no tengo sótano. Ni esposas, tampoco sé coser. Por lo tanto, podríamos decir que seguramente estás a salvo.

–Seré yo quien juzgue eso –comentó ella con ironía–. ¿De qué proposición se trata exactamente?

–Que yo me quedo tu número de teléfono, aunque no pareces demasiado contenta de que lo tenga, y yo te prometo que no te llamaré a menos que me llames tú primero. ¿Te parece justo?

–¿Y si no te llamo nunca?

–En ese caso, me entristeceré mucho, pero te prometo que no te agobiaré con llamadas de teléfono. ¿Trato hecho?

Desi lo pensó un instante.

–Trato hecho –dijo.

–Excelente –comentó él con una sonrisa. Entonces, extendió la mano para acariciarle suavemente la nuca. Involuntariamente, ella miró la atractiva tableta de chocolate que le adornaba el vientre y los músculos en uve que parecían indicar lo que había más abajo de los vaqueros. Trató de no babear.

No debió de tener mucho éxito, porque Nic le preguntó unos segundos más tarde:

–¿Has visto algo que te guste?

–Me gustas tú –respondió ella. En el instante en el que se dio cuenta de lo que acababa de decir, se tapó la boca con una mano, completamente horrorizada.

Le habría gustado recuperar sus palabras, fingir que no lo había fastidiado todo dejando que la lengua y sus sentimientos la traicionaran. Sin embargo, era demasiado tarde. Las palabras flotaban en el aire delante de ellos, como si se tratara de una bomba que estuviera a punto de explotar.

Nic no pareció horrorizado por lo que acababa de escuchar. De hecho, parecía más bien encantado.

Antes de que a Desi se le pudiera ocurrir algo que decir para controlar los daños, Nic recorrió la pequeña distancia que los separaba y se colocó frente a ella, encajado entre la uve que formaban las piernas de Desi.

–A mí también me gustas tú –dijo mientras le daba un beso en la frente, luego otro en la mejilla y uno más en los labios.

–¿De verdad? –quiso saber ella mientras echaba la cabeza hacia atrás para que él pudiera deslizarle los labios por el cuello.

–Sí. Y dado que hemos establecido que a ti también te gusto yo… –añadió. Llevó las manos hasta los botones de la enorme camisa que ella llevaba puesta, su camisa, y deslizó los nudillos por los senos–, creo que tal vez deberíamos regresar al dormitorio y gustarnos el uno al otro un poco más.

–¿Gustarnos el uno al otro un poco más? –repitió ella tratando de mantener la voz serena a pesar de que el deseo se había apoderado de ella como un relámpago–. ¿Así es como se llama hoy en día?

Nic se echó a reír.

–Así es como lo llamo yo. Lo siento. Sé que no es muy romántico, pero el cerebro dejó de funcionarme en el instante en el que te toqué.

A ella le encantó aquella admisión. Decidida a no darle demasiada importancia a lo que estaba ocurriendo después de la confesión que no había tenido intención alguna de hacer, ella le dijo:

–Supongo que no importa que el cerebro no te funcione mientras funcionen otras partes de tu anatomía…

Nic frunció el ceño.

–Las otras partes de mi anatomía funcionan perfectamente, muchas gracias.

–¿Sí? –preguntó ella mientras le deslizaba un dedo sobre el firme y musculado torso–. Demuéstralo.

Los ojos de Nic se oscurecieron ante aquel desafío. Él le agarró las caderas y tiró de ella hasta que Desi estuvo al borde del taburete y el sexo de ella quedó pegado a su potente erección.

–¿Te sirve como prueba? –le susurró al oído.

–No sé… Creo que podría necesitar una demostración más detallada –replicó ella. Se arqueó contra él y gozó al escuchar el gruñido que Nic no pudo contener.

–¿Una demostración más detallada? –preguntó él. Le deslizó las manos por debajo y la levantó como si no pesara nada. Por segunda vez aquella noche, Desi se agarró a él con brazos y piernas.

Se pegó a él como si fuera una lapa mientras Nic la llevaba al dormitorio. Esperó a que él cruzara el umbral antes de susurrarle al oído:

–*Te necesito esta noche.*

–Yo también te necesito –dijo él mientras la dejaba sobre la cama.

Desi se echó a reír.

–Lo que quería decir es que esa es mi canción favorita.

Nic la miró y ella vio algo maravilloso y aterrador en sus ojos. Entonces, comenzó a besarla y se pegó a ella con la misma desesperación que se había apoderado de Desi. Después, los dos cayeron sobre la cama, con Nic encima.

–¿Y cuál es tu canción favorita? –consiguió decir ella mientras Nic terminaba de desabrocharle la camisa. Su cerebro iba a dejar que el cuerpo tomara el control, pero, antes de que eso ocurriera, quería saber aquel detalle sobre él.

–Pensaba que era evidente –contestó él con una sonrisa contra el vientre de Desi–. *Estás maravillosa esta noche* de Eric Clapton.

Capítulo Cuatro

Nic se despertó solo, lo que le molestó mucho.

Desi se había marchado de la casa. No había dejado una nota, ni un apellido, ni siquiera un zapato de cristal con el que pudiera localizarla.

Se había marchado de verdad. Si no hubiera tenido arañazos en la espalda, una cama que parecía zona catastrófica o un número de teléfono en su lista de contactos, podría haber llegado a pensar que todo lo ocurrido aquella noche había sido producto de su imaginación.

Desgraciadamente, había hecho la promesa de no utilizar aquel número a menos que ella lo llamara primero.

Y eso también le molestó mucho.

Desi le gustaba. Le gustaba mucho, más de lo que creía posible teniendo en cuenta que apenas la conocía y que lo poco que sabía de ella lo había obtenido con preguntas que ella había respondido de muy mala gana.

Tras pensarlo detenidamente, decidió que eso debería haber sido la primera pista que le indicara que aquello no iba tal y como él deseaba.

Miró el reloj que tenía en la mesilla de noche y vio que no eran aún las siete de la mañana. Dado que sabía que ella aún estaba en su cama a las cinco, cuando él por fin sucumbió al agotamiento, no podía dejar de pensar que se acababa de marchar. Si él se hubiera despertado unos minutos antes, la había sorprendido antes de que desapareciera.

Aquel pensamiento lo volvía loco, en especial porque había planeado empezar la mañana del mismo modo que había pasado gran parte de la noche. Dentro de Desi, viendo cómo ella perdía el control, observando cómo la muralla defensiva que había construido a su alrededor se desmoronaba poco a poco.

En aquellos momentos, le parecía un plan ridículo, considerando que estaba solo sobre unas sábanas que se enfriaban rápidamente. Después de todo, habría sido un idiota si no se hubiera dado cuenta de que Desi ocultaba sus sentimientos celosamente y, sin embargo, se había abierto a él una y otra vez a lo largo de la noche. Ciertamente, no le había permitido ver cosas muy importantes, pero había bajado la guardia lo suficiente para que él pudiera vislumbrar las piezas del rompecabezas que ella era.

Le gustaba mucho lo que había visto y, por eso, la manera en la que Desi se había marchado le escocía tanto. Por primera vez en mucho tiempo, había estado deseando explorar la mujer que ella era y descubrir las cosas que le hacían vibrar.

Nic la había llevado a su casa, algo que no solía hacer hasta que no había tenido unas cuantas citas con una mujer y, sobre todo, hasta que no sabía que la mujer en cuestión era alguien con quien deseaba algo más serio.

Incluso le había mostrado su despacho, que era para él la estancia más sagrada de su casa. Casi no permitiría que su hermano Marc entrara allí, y mucho menos otras personas.

Mientras se levantaba de la cama y se dirigía al cuarto de baño, decidió que tal vez su propio interés no era el problema. Tal vez el problema era el de ella. Desi se había mostrado bastante reacia a responder hasta las preguntas más inocuas y, cuando las había respondido por fin, no lo había hecho dando detalles. Era como si temiera permitir que él se acercara demasiado o no quisiera revelar demasiado sobre ella. Tal vez, la verdadera razón era que no quería permitir que él se acercara a ella.

Aquel pensamiento lo enojó profundamente. Había pasado mucho tiempo desde la última vez que conoció a una mujer que le interesara de verdad, una mujer que fuera inteligente, divertida y también muy sexy. ¿Por qué la primera mujer que conocía que le interesaba en todos aquellos frente había salido huyendo de su lado a la primera oportunidad?

Abrió el grifo de la ducha y mientras esperaba a que el agua se calentara, se miró en el espejo. Al hacerlo, no pudo evitar preguntarse qué era lo que Desi había visto en él cuando lo miraba. ¿Había visto su imagen pública, el tipo alegre y divertido que siempre estaba dispuesto a tomarse una cerveza o a ir a jugar al golf, el tipo tranquilo que siempre tenía una broma preparada? ¿O acaso había visto su yo más profundo, el hombre que era realmente bajo toda aquella parafernalia? Había tratado de mostrarle un poco de ese hombre la noche anterior y, cuando la sorprendió mirándolo como si tuviera mil preguntas que hacerle, había pensado que tal vez lo había visto de verdad. Si lo había visto, ¿era de su verdadero yo del que había salido huyendo, no del hombre que había visto en la fiesta, sino del que acechaba bajo la superficie?

Aquel pensamiento le escoció tanto que seguía pensando en lo mismo cuando entró en el despacho de su hermano una hora más tarde.

—¿Qué tal fue la fiesta? —le preguntó Marc sin levantar la mirada de la pantalla del ordenador.

—Reveladora —respondió Nic mientras se acercaba al ventanal que ocupaba una pared entera del despacho. Desde allí, se veían unos rocosos acantilados y unas arenosas playas. Más allá, el inmenso Pacífico. Estuvo observando el agua durante unos minutos, viendo cómo las olas se formaban en el mar para luego crecer y estrellarse contra la costa. Era aún invierno, por lo que el agua estaría fría, pero había unos surfistas en el agua, flotando sobre sus tablas mientras esperaban que se formara la siguiente gran ola.

Durante un instante, Nic deseó estar allí con ellos. Quería sentirse libre, hacer por una vez en la vida lo que deseaba. Ser quien quería ser sin importarle las consecuencias.

Entonces, Marc le sacó de su ensoñación.

—¿Reveladora en qué sentido?

—¿Qué quieres decir? —le preguntó Nic mientras se volvía para mirarlo.

Marc se levantó de la butaca y se dirigió al pequeño frigorífico que tenía en el bar. Sacó una botella de agua helada para él y le lanzó a Nic una botella del zumo de naranja recién exprimido que tanto le gustaba. Este lo atrapó sin problemas.

—Cuando te pregunté por la fiesta, me dijiste que fue reveladora. ¿En qué sentido? —le preguntó Marc mientras se acercaba a él y miraba a Nic con curiosidad.

Nic empezó a hablarle de la fiesta. Se centró en las

personas que había conocido o en el dinero que había donado en nombre de Bijoux. Sin embargo, Marc era su hermano y su mejor amigo. La única persona a la que él se abría de verdad. Por eso, antes de que pudiera pensarlo siquiera, las palabras cobraron forma entre sus labios.

–Conocí a una chica.

–¿Que conociste a una chica?

–Bueno, a una mujer –corrigió al pensar en las rotundas curvas de Desi y en su agudo ingenio–. Conocí a una mujer.

–Cuéntame –le dijo Marc mientras le indicaba la butaca que quedaba frente a su escritorio. Aunque Nic tenía demasiada energía como para poder sentarse, lo hizo de todos modos. Como siempre.

–¿Cómo se llama? –le preguntó su hermano.

–Desi.

–¿Desi qué más?

–Eso es todo. No sé su apellido.

–Bueno, eso ha sido un descuido por tu parte –comentó Marc mientras lo observaba atentamente–. Y ese no es un adjetivo que yo utilizaría normalmente para describirte a ti. Por lo tanto, esto debe de ser muy grande…

–No es grande. En realidad, no es nada –dijo Nic. No le gustó el regusto que aquellas palabras le dejaron en la boca.

Marc se echó a reír.

–Por supuesto que no. Por eso parece que te has tragado un bicho al decirlo.

–Mira, es complicado…

–Tío, todo esto es siempre muy complicado.

41

–Sí, bueno. Esta vez es realmente muy complicado.

Le contó a Marc toda la historia. Le explicó cómo se había sentido atraído por el aspecto de Desi y su aguzado ingenio casi con la misma rapidez. Le contó que se la había llevado a casa… y que se había despertado solo.

–Pero tienes su número de teléfono, ¿no? –le preguntó Marc cuando Nic hubo terminado de narrar todo lo ocurrido–. Por favor, dime que fuiste lo suficientemente inteligente como para pedirle el teléfono.

–Por supuesto que sí, pero también lo suficientemente estúpido como para prometerle que no la llamaría hasta que ella me llamara a mí.

Marc hizo un gesto de desesperación con los ojos.

–¿Todos estos años y de verdad que no te he enseñado nada sobre cómo seducir a una mujer?

–Bueno, considerando que te has pasado los últimos seis años lamiéndote las heridas que te dejó Isabella, yo diría que tus propias técnicas de seducción son algo flojas en estos momentos.

–No me he estado lamiendo las heridas –protestó Marc–. He estado ocupado dirigiendo una empresa multimillonaria dedicada a los diamantes.

–Sí, sí, sí. Lo que tú digas. Te recuerdo que yo he estado a tu lado a cada paso, convirtiendo Bijoux en la segunda empresa dedicada a los diamantes del mundo.

–Eso ya lo sé. No estaba tratando de sugerir lo contrario. Simplemente estaba diciendo que no he tenido mucho tiempo para seducir a nadie. Y tú tampoco. Tal vez estés un poco oxidado.

Nic le dedicó una mirada de asombro.

–Te aseguro que no estoy oxidado, muchas gracias

–replicó. Ciertamente, prefería calidad por encima de la cantidad, y siempre había sido así, a pesar de su imagen de playboy. Sin embargo, eso no significaba que no hubiera disfrutado del sexo. Sus habilidades no estaban oxidadas. Al menos, él no lo consideraba así.

Dios… Y si era así, ¿por qué se había marchado Desi antes de que él se despertara? ¿Porque había pensado que era torpe en…? No, no, no. No iba a pensar en aquella posibilidad.

–No estoy oxidado –insistió, tal vez con más fuerza de la que era absolutamente necesaria.

–No estoy diciendo que lo estés –observó Marc–. Lo que digo es que, si tienes su número de teléfono, ¿por qué no la llamas?

–Ya te he dicho…

–Lo sé. No la puedes llamar hasta que ella te llame a ti. Sin embargo, eso no significa que no puedas enviarle un mensaje, ¿no? ¿O acaso le hiciste también promesas sobre los mensajes? Si lo hiciste, déjame que te diga que eres más estúpido de lo que pareces…

–En realidad, no –respondió Nic. Las ruedas habían empezado a girar en su cerebro–. Quiero decir, supongo que la naturaleza del acuerdo podría dar mucho que hablar…

–Al diablo con el espíritu del acuerdo. Te gusta esa mujer, ¿no?

Nic pensó en la risa de Desi, en el modo en el que llenaba una habitación y lo envolvía a él por completo. Pensó en sus ojos, dulces y apasionados…

–Sí –admitió.

–Pues envíale un mensaje. Hazle reír. Eso se te da bien. Luego, pídele una cita.

Nic asintió. Marc tenía razón. Eso se le daba bien. En realidad, lo de las citas era un tema que se le daba bastante bien. Entonces, ¿qué era lo que tenía Desi que lo dejaba fuera de juego tan completamente? No lo sabía. Quería descubrir por qué la encontraba tan fascinante. Por qué se había pasado toda la mañana pensando en ella, cuando Desi le había dejado muy claro que no sentía lo mismo por él.

–Está bien. Sí. Lo haré –dijo mientras se ponía de pie y se sacaba el teléfono del bolsillo–. Gracias, tío.

Marc se echó a reír.

–¡No quería decir ahora mismo! No son ni las ocho de la mañana. Además, los dos debemos estar en una reunión que, de hecho, empezó hace cinco minutos.

–No soy un idiota redomado, ¿sabes? Solo estaba… pensando en lo que quería decir.

Su hermano se acercó a él y le dio una palmada en la espalda.

–Vaya, veo que te ha dado fuerte…

Nic se apartó de él cuando los dos salieron del despacho para dirigirse a la sala de reuniones. Se volvió a guardar el teléfono en el bolsillo. Si se pasaba la mayor parte de la reunión componiendo mentalmente el mensaje que le iba a mandar a Desi, nadie tenía por qué saber nada al respecto.

Capítulo Cinco

–Desi, ven. Tengo un artículo para ti.

Malcolm Banks, su jefe, la llamó desde la otra punta de la redacción.

–Voy enseguida –respondió ella. Agarró su tableta y se dirigió hacia el despacho con un entusiasmo que distaba mucho de sentir.

–Buena suerte –le dijo en voz baja su amiga Stephanie, una joven reportera de la sección de moda–. Espero que sea bueno.

Desi se encogió de hombros. Sabía que iba a ser otro artículo de sociedad. Lo sabía. De hecho, se había hecho a la idea de que no conseguiría una historia de valor en los siguientes diez o veinte años. A pesar de lo mucho que se esforzaba, Malcolm se negaba a darle la oportunidad de escribir algo que fuera realmente importante.

No hacía más que decirle que se tenía que ganar el salvoconducto para abandonar las páginas de sociedad y ella no hacía más que intentarlo, pero estaba empezando a pensar que estaría encasillada en aquella sección hasta que muriera. O hasta que muriera Malcolm. Uno u otro. No había manera de que consiguiera trabajo en otra publicación después de pasarse un año y medio de su vida cubriendo fiestas y obituarios.

No permitió que se le notara el descontento cuando

entró en el despacho de Malcolm. Lo único que odiaba más que a los quejicas eran los vendedores, o por lo menos eso era lo que su jefe decía. Además, no quería enfadarlo. No tenía deseo alguno de ver lo que ocurriría si enfurecía a Malcolm.

Desi había tardado menos de un minuto en ir al despacho, pero Malcolm ya estaba absorto en algo cuando ella se sentó frente al escritorio. No se tomaba bien que lo interrumpieran, por lo que se dispuso a esperar pacientemente a que terminara. Estaba mirando su tableta cuando su teléfono móvil vibró. Acababa de recibir un mensaje. Aunque se dijo que no debía hacerse esperanzas, no pudo evitar mirar la pantalla ante la posibilidad de que pudiera ser…

No. No se trataba de Nic. El mensaje era de Serena, su amiga y vecina, para pedirle que le comprara leche de camino a casa. Muy apesadumbrada, volvió a meterse el teléfono en el bolsillo. Por supuesto que no había sido Nic. Habían pasado ya tres semanas sin que fuera Nic. Bien. Mejor que bien. Después de todo, no era que ella lo deseara. Si hubiera sido así, habría contestado a uno de los muchos mensajes que él le había enviado durante las siete semanas posteriores a la mañana en la que ella se marchó de su casa mientras dormía.

Sin embargo, no había contestado fuera cual fuera la actitud que él utilizara. Divertido. Dulce. Simpático. Sexy. Desi los había leído todos una y otra vez, pero no había respondido a ninguno de ellos, no porque Nic no le gustara, sino porque le gustaba demasiado. No porque pensara que él era un imbécil, sino porque pensaba que era una monada. Demasiado encantador para que ella pudiera sentirse tranquila.

Al leer aquellos mensajes, se había visto a sí misma enamorándose de él, algo que no se podía permitir. No se podía permitir abrirse a él solo para descubrir que se había equivocado. Había sufrido mucho haciendo eso mismo como para volver a correr el riesgo.

–Bien, Desi –dijo su jefe por fin–. Tengo un artículo para ti.

–Excelente –respondió ella con todo el entusiasmo que pudo reunir, a pesar de que en su interior distara mucho de sentirse contenta. Se imaginaba lo que su jefe querría en aquella ocasión. Seguramente que cubriera los cotilleos que se producirían en la fiesta de una *socialite* o algo igualmente ridículo.

–¿Sabes una cosa? Para ser alguien que lleva meses suplicándome que te saque de las páginas de sociedad, no pareces muy emocionada ante la oportunidad que te doy.

Desi tardó un segundo en asimilar aquellas palabras. Cuando lo hizo, sintió que todo el cuerpo se le ponía en estado de alerta. El corazón comenzó a latirle más fuerte y se sentó tan al borde de la silla que estuvo a punto de caerse. Se dijo que debía calmarse, dado que aún no sabía el tipo de artículo que él le estaba ofreciendo, pero no podía dejar de pensar en las posibilidades que se abrían ante ella. La sangre le corría alocadamente por las venas.

Malcolm debió de notar la diferencia, porque se echó a reír.

–¡Ahí está la Desi que yo estaba esperando! –exclamó mientras señalaba la tableta–. ¿Preparada para tomar notas?

–Por supuesto.

Si aquella era una sádica manera de asignarle una historia de la alta sociedad, Desi se juró que lo mataría. Además, dado que se había pasado también muchas horas extra escribiendo obituarios, conocía un buen número de maneras de hacerlo.

–Bien, tengo un artículo para ti. Esta mañana me ha llegado un soplo sobre un negocio que acaba de aterrizar en San Diego y que podría no ser tan legítimo como parece a primera vista.

La mente de Desi comenzó a desbocarse. Drogas. Armas. Mafia mexicana. Se sentía con ganas de clavarle el diente a lo que fuera. Su padre, uno de los mejores periodistas del gremio, la había preparado para el periodismo de investigación desde muy temprana edad. Podría escribir aquel artículo. Lo haría.

–Diamantes –le dijo Malcolm después de una breve pausa.

–Diamantes –repitió ella–. ¿Alguien está utilizando su negocio para hacer contrabando de diamantes?

–Te acabo de enviar la carpeta con todos los datos que tengo a tu correo electrónico –dijo tras volverse de nuevo brevemente a su ordenador–. Tiene la información básica que me dio mi fuente junto con toda la información sobre él. Quiero que te pongas en contacto con él, que escuches lo que te pueda decir lo mismo que hice yo y que investigues un poco. Quiero que averigües todo lo referente a esa empresa, tanto si piensas que las acusaciones son ciertas como si no, y cómo crees que podría estar ocurriendo.

–El contrabando de diamantes.

–Yo nunca he dicho que sea contrabando –le espetó–. No des ciertas cosas por sentadas. Y quiero que investigues bien. No sé si lo que me ha dicho este tipo es cierto. Si lo es, es un asunto muy gordo. Me he pasado dos horas investigando a esos hermanos y, si la mitad de lo que ese tipo me ha dicho resulta ser cierta, va a fastidiarles por completo a los dos la vida. Esos dos tipos han creado su negocio con diamantes limpios y…

–¿Diamantes limpios? –preguntó ella tratando de comprender–. ¿Quieres decir que no son robados?

–Limpios significa que se han extraído como es debido.

–Ah, por supuesto. Entonces, estamos hablando de diamantes de sangre.

–Exactamente.

–Bijoux.

El nombre le salió con facilidad gracias al tiempo que se había pasado trabajando para las páginas de sociedad. Gran parte de la élite de San Diego llevaba meses emocionada por el hecho de que Marc Durand y su hermano hubieran llegado a la ciudad. Los dos eran buenos filántropos y todo el mundo quería que apoyaran con su dinero sus organizaciones benéficas.

Desi aún no había conocido a ninguno de los dos hermanos. Habían estado demasiado ocupados instalando su negocio y su fundación para acudir a las fiestas en las que ella había trabajado. Esto podría ser bueno, considerando que iba a tener que investigarlos.

–Bien –dijo Malcolm con una sonrisa de satisfacción.

–Son una de las mayores empresas de diamantes del mundo en estos momentos, y tú crees que han estado mintiendo sobre la procedencia de sus gemas.

–No sé si están mintiendo o no, pero tu trabajo es

averiguarlo. En estos momentos, lo único que sé es que alguien me ha dado el soplo de que los hermanos están haciendo negocios ilegales a pesar de presentarse como comerciantes responsables de diamantes y que luego venden diamantes de sangre por un alto precio para sacar buenos beneficios. Quiero saber si hay algo de verdad en la historia y, si la hay, quiero saber todos los detalles al respecto antes de que publiquemos un artículo que haga saltar por los aires todo el negocio. Quiero que compruebes hasta la saciedad la fiabilidad de esa fuente y de todas las demás fuentes que te encuentres. ¿Comprendido?

–Por supuesto –dijo Desi. Abrió el correo que él le había enviado en su tableta y comprobó toda la información. Prácticamente eran retazos, pero aquello sería algo que ella solucionaría muy pronto–. ¿Cuándo es la fecha límite y cuántas palabras quieres?

Malcolm sacudió la cabeza.

–Veamos qué es lo que sacas. Quiero que descubras si es un empleado al que han despedido y que simplemente quiere vengarse vendiendo humo. Si lo es, la historia se desvanecerá.

–¿Y si no lo es?

–Si no lo es, cruzaremos ese puente cuando lleguemos a él. En ese caso, será un asunto muy grande, y se me está ocurriendo que necesitarás alguien que te ayude a escribirlo.

–No necesito a nadie…

Malcolm levantó una mano.

–Mira, sé que eres buena. Sé que estás dispuesta a demostrarme lo que hay dentro de ti, pero aún eres una novata y no importa lo buena que seas. No pienso confiarte una historia tan grande cuando hasta ahora tan solo has estado escribiendo reportajes de sociedad.

–Entonces, me vas a utilizar para hacer el trabajo sucio y luego me darás la patada –dijo ella. Mantuvo la voz tranquila a pesar de que se sentía furiosa. Aquella podría ser su gran oportunidad y Malcolm ya se la estaba quitando.

–Yo no he dicho eso. Lo que he dicho es que te voy a dejar que investigues y, si sacas algo, voy a dejarte que ayudes a escribir el artículo más importante de tu carrera. Si quieres escribir esta historia, tienes que darme algo con lo que trabajar. Tienes que demostrarme lo que hay en ti.

–Por supuesto.

Desi asintió tranquilamente, a pesar de que en su interior estaba bailando de alegría. Lo que Malcolm le había dicho era lógico y justo. Ella investigaría aquella historia de arriba abajo, descubriría todo lo que pudiera e incluso descubriría el ángulo que quería adoptar. Tal vez incluso escribiría el artículo y se lo presentaría a él. Después, Malcolm vería lo que ella era capaz de hacer y tomaría la decisión sobre cómo proceder. Si Desi lo hacía bien, a él no le quedaría elección. Tendría que sacarla de las páginas de sociedad y ponerla en temas más serio. Aquello era lo que había estado esperando. Su gran oportunidad. La historia que había estado esperando poder contar.

–¿Entendido?

–Entendido –afirmó ella.

–En ese caso, ve a hacer tu trabajo. Y no te olvides. Esto es un trabajo aparte. Tienes que seguir ocupándote de las páginas de sociedad, lo que incluye esa fiesta de mañana por la noche. Te quitaré algunas cosas para que tengas tiempo para trabajar en este asunto, pero no puedes dejar de lado el resto de tus responsabilidades.

–No lo haré.

Malcolm asintió. Parecía satisfecho. Entonces, de repente, le señaló la puerta.

–¡Vete! ¿Te parece que tengo tiempo de estar aquí charlando contigo todo el día?

–Está bien. Me marcho –dijo ella. Recogió sus cosas y se dirigió hacia la puerta, pero antes de salir, se volvió para mirar a su jefe–: Gracias por darme una oportunidad. No te defraudaré.

–Sé que no lo harás. En el instante en el que vi esa fotografía, supe que serías perfecta para el trabajo.

–¿Qué fotografía?

–La que estás con Nic Durand en la fiesta del Hospital Infantil que tuvo lugar en San Diego hace unas semanas. Estaba en el expediente de Bijoux cuando fui a mirar. Bonito vestido, por cierto.

Al escuchar aquellas palabras, Desi se sintió palidecer

–¿Nic Durand y yo?

–Sí. Pareces sorprendida. ¿Acaso no le preguntaste su nombre antes de bailar con él?

El pánico se apoderó de ella al comprender que Nic, su Nic, era en realidad Nic Durand. Eso era imposible. Él le había dicho que era relaciones públicas. Recordaba perfectamente cada palabra de la conversación que habían tenido y él le había dicho que trabajaba en las relaciones públicas. O tal vez no le había dicho nada…

No. Aquellas habían sido sus palabras exactas cuando le preguntó a qué se dedicaba. Ella había llegado a aquella conclusión y, seguramente, él se lo había permitido. Tal vez la había animado a hacerlo.

Trató de aplacar la furia y el miedo que se habían apoderado de ella. Nic no había querido que ella supiera quién era él en realidad. No había querido que ella supiera cuánto dinero valía por si acaso decidía cazarlo. Como si a ella se le hubiera podido pasar por la cabeza algo así… Como si ella pudiera llegar a considerar hundir las garras en algún hombre…

Sin embargo, aquel razonamiento no conseguía que su situación actual fuera menos precaria. ¿Qué se suponía que tenía que hacer? Evidentemente, se encontraba en un conflicto de interés. Se había acostado con Nic Durand. ¿Cómo se suponía que podía investigarle?

¿Y cómo no iba a hacerlo, cuando estaba en el despacho de Malcolm y él la estaba mirando con tanta expectación? No podía hacerlo. No quería desilusionarle ni perder la confianza que él había puesto en ella, pero no podía hacerlo. No estaba segura de poder investigar a Nic y a su hermano por algo tan despreciable cuando, hasta hacía pocos minutos, una parte de su ser había anhelado volver a verlo por razones que no tenían nada que ver con el mundo laboral.

Debió de estar allí tratando de encontrar una solución durante más tiempo del que había pensado, porque Malcolm, de repente, le puso una mano en el hombro.

–¿Va todo bien, Desi? –le preguntó.

–Sí, por supuesto –mintió–. Tan solo estaba pensando qué ángulo tomar en la investigación.

–Bueno, empieza por utilizar el ángulo de la fiesta.

Ella le miró sin comprender.

–¿El ángulo de la fiesta?

–Claro. Ya le conoces, ¿no?

–Sí.

–Pues llámalo. Pídele que te enseñe su empresa. Dile que estás escribiendo un artículo sobre Bijoux dado que acaban de instalarse en esta zona y seguramente se convertirán en una de las empresas más poderosas del sur de California. A los hombres como él les gusta que les alimenten el ego.

–¿Quieres que le mienta?

Malcolm la miró con desaprobación.

–Eres periodista de investigación, Maddox. Utilizas todo lo que esté en tu mano para descubrir la verdad. Así funciona este mundo.

–Lo sé, pero…

–Pero ¿qué? Te he dado este artículo porque me di cuenta de que ya conocías a Nic Durand. ¿Acaso me equivoco? ¿Debería darle este artículo a otra persona?

Malcolm no parecía muy contento con ella. Desi sabía que él le daría el artículo a otra persona en un abrir y cerrar de ojos. El infierno se enfriaría antes de que ella tuviera otra nueva oportunidad. Estaría escribiendo obituarios y páginas de sociedad mientras trabajara para *Los Angeles Times*. Tal vez incluso más tiempo.

–No, por supuesto que no –respondió Desi, tratando de sonar todo lo convincente que le era posible.

–Pues no pareces estar muy segura al respecto.

–Lo estoy.

Malcolm asintió por fin. Parecía satisfecho.

–Bueno, pues manos a la obra. No te olvides de pedir ayuda si la necesitas.

–No se me olvidará –prometió antes de salir del despacho y regresar a su escritorio.

Tenía el estómago revuelto por el lío en el que se había metido, pero, ¿qué podía hacer? Las preguntas se repetían una y otra vez en su pensamiento. Sin embargo, por mucho que se las preguntara o por mucho que repasara la situación, no era capaz de encontrar una solución. Iba a tener que investigar a Nic Durand. Si él era culpable de lo que se le acusaba... Si era culpable, Desi tendría que escribir el artículo que lo dejaría en evidencia delante de todo el mundo.

Aquel pensamiento le provocó náuseas.

Fueran cuales fueran los motivos para que él no le hubiera dicho quién era, no se merecía que ella utilizara lo que había habido entre ellos para engañarle y conseguir que él le franqueara el acceso a Bijoux.

Jamás había usado su cuerpo para conseguir lo que quería, y no iba a empezar a utilizarlo en aquellos momentos, ni siquiera después de que el hecho se hubiera producido. No. Cuando se sentó frente a su escritorio y empezó a leer el archivo que Malcolm le había enviado, decidió que, si tenía que investigar aquel tema, lo haría a su manera. Sin implicar a Nic hasta que no le quedara más remedio. Cuando hubiera llegado a ese punto, cuando hubiera reunido toda la información que pudiera sobre la procedencia de los diamantes de la empresa, acudiría a él, pero lo haría del mejor modo posible. Sería totalmente sincera sobre quién era y lo que quería.

Aquella era la única manera en la que podría hacerlo. El único modo en el que podría escribir el artículo y salvar al mismo tiempo su integridad. Cualquier otra cosa era impensable.

Satisfecha con su decisión, o al menos todo lo satisfecha que podía estarlo, examinó el resto del archivo antes de sacar un cuaderno para anotar todas las preguntas que le parecieron pertinentes para la investigación. Era un buen inicio. Seguramente iría añadiendo más a medida que progresara en la investigación, pero tenía que empezar por alguna parte. Aquel modo parecía tan bueno como cualquier otro.

Su padre solía decirle que siempre debía empezar con las preguntas. ¿Cómo se sabe lo que uno está buscando si no se sabe siquiera la información que nos falta? Su padre se lo había dicho un millón de veces cuando era joven, cuando regresaba a casa después de sus viajes. Cuando él, cuando ellos, aún tenían un hogar al que él podía regresar.

Apartó los recuerdos desagradables y se puso a trabajar en la historia tal y como él le había enseñado tantos años atrás. Muy pronto estuvo tan inmersa en la investigación que se le olvidó todo lo demás. Resultó que el negocio de los diamantes era un asunto fascinante y brutal, en el que las vidas humanas valían mucho menos que las piedras que excavaban.

Estaba tan concentrada que no se dio cuenta de que Stephanie se había parado junto a su escritorio hasta que su amiga le colocó la mano en el brazo. Aquel gesto la sobresaltó mucho.

—¡Lo siento! —exclamó Stephanie riendo—. Solo quería saber si estás lista para salir a almorzar.

—Sí, claro. Dame cinco minutos, si no te importa.

—Claro que no. Parece que por fin tienes una historia decente.

—Eso parece. Espero poder hacerle justicia.

—¡Por supuesto que se la harás! Pasarás de las fiestas a las primeras páginas en un abrir y cerrar de ojos.

Las dos se echaron a reír. Desi cerró su ordenador y guardó bajo llave en un cajón todo lo referente a su investigación. Aún era pronto, pero no podía descuidarse con la información que tenía. Otra lección que su padre le había enseñado antes de que ella cumpliera los diez años.

–¿Lista? –preguntó mientras recogía su bolso.

–Por supuesto.

Sin embargo, antes de que pudiera levantarse de su silla, Stephanie se inclinó hacia ella y le susurró:

–¿Me puedes prestar un tampón?

–Claro, por supuesto. Los tengo en el escritorio.

Desi se giró para abrir el cajón en el que guardaba todos sus objetos de aseo y sacó la caja de tampones que había metido allí hacía semanas. Sin embargo, al ir a sacar uno, se dio cuenta de que la caja estaba sin abrir.

Aquello era imposible. Se había llevado esa caja al trabajo hacía al menos ocho o nueve semanas. ¿Cómo era posible que no hubiera utilizando ningún tampón en nueve semanas? ¿Cómo era posible que no hubiera tenido el periodo en todo aquel tiempo y que, además, no se hubiera dado cuenta? Nunca había sido muy regular, a pesar de tomar la píldora, pero nunca había estado tanto tiempo sin tener la regla.

–¿Te encuentras bien? –le preguntó Stephanie mientras la sujetaba con un brazo–. Estás muy pálida.

Desi no respondió. Estaba demasiado ocupada echando cuentas mentalmente. Y luego repasándolas. Y repasándolas una vez más.

–¿Te encuentras bien? –insistió su amiga.

–No lo sé…

No era posible. No era posible. Llevaba años tomando la píldora y, a excepción de la primera vez en el balcón, Nic y ella habían utilizado preservativos.

Sin embargo no había tenido la regla y su cuerpo no mostraba indicio alguno de que la fuera a tener en un futuro cercano. No tenía dolores. Ni granos. Nada.

Tan solo mareos. Tan solo una falta. Tan solo… Dios santo. Dios, Dios, Dios.

—¿Me puedes explicar qué es lo que está pasando? —le preguntó Stephanie—. ¿Tienes ganas de vomitar?

Desi dejó escapar una risa histérica.

—No, no tengo ganas de vomitar… Tal vez deberías irte tú sola a almorzar —le dijo a Stephanie mientras le entregaba la caja entera de tampones.

Lo único que deseaba hacer era irse a la farmacia más cercana y comprarse una prueba de embarazo. Tenía que demostrarse a sí misma que no estaba embarazada de Nic Durand.

Su comportamiento debió alarmar a Stephanie y alertarla sobre lo que estaba pasando, dado que esta la ayudó a ponerse de pie y le susurró al oído:

—La tienda de 24 horas que hay en la esquina debería tener pruebas de embarazo. Si quieres, puedo ir a comprarte una.

De repente, se sentía completamente agotada y aterrorizada.

Asintió y sacó veinte dólares de su cartera. Entonces, permaneció allí sentada mientras su amiga se marchaba a la calle a toda la velocidad que sus tacones de diez centímetros le permitían.

Desi no supo cuánto tiempo estuvo Stephanie fuera, pero no se movió, ni pensó. De hecho, casi ni respiró durante el lapso que transcurrió desde que su amiga se marchó hasta que regresó con una bolsita de papel marrón en la mano.

–Ve a hacerlo ahora mismo –le ordenó Stephanie mientras le entregaba la bolsa–. Es mejor saber que no saber.

Desi asintió. No tardó en encontrarse sola en el cuarto de baño, orinando en una pequeña barrita de plástico blanco. Siguió todas las indicaciones y no tuvo que esperar los cinco minutos estipulados. Ni siquiera tuvo que esperar uno. Acababa de terminar de subirse las braguitas cuando aparecieron dos líneas moradas. Dos líneas moradas muy claras.

Estaba embarazada de Nic Durand y no tenía ni idea de lo que iba a hacer al respecto.

Capítulo Seis

–Nic, hay una periodista en la línea dos que quiere hablar con usted –le dijo su secretaria desde el umbral de la puerta de su despacho–. Una tal Darlene Bloomburg de *Los Angeles Times*.

Nic no se molestó en levantar la mirada de su portátil.

–Dile que hable con Ollie –le sugirió, refiriéndose al director del departamento de Relaciones Públicas de Bijoux–. Él le dará todo lo que necesite.

–Ya lo he intentado –le dijo Katrina–, pero está empeñada en hablar con usted.

Había algo en la urgencia de la voz de su secretaria que llamó su atención. Nic levantó la mirada y trató de percatarse de lo que se le había pasado por alto. Su secretaria estaba retorciéndose las manos y mordiéndose el labio.

–¿Ocurre algo que yo debería saber? –le preguntó.

–No lo sé, pero al ver que insistía tanto he mirado de quién se trataba y resulta que es la editora jefe del *Times*.

–¿Crees que está comprobando datos sobre un artículo acerca de Bijoux?

Katrina asintió con nerviosismo.

–Creo que sí.

–¿Cómo es que yo no sabía que el periódico más

importante de la Costa Oeste estaba escribiendo un artículo sobre nosotros? Dile a esa mujer… ¿cómo has dicho que se llama?

—Darlene Bloomburg, señor.

—Dile a esa tal Bloomburg que la atenderé en un par de minutos. Mientras tanto, dile a Ollie que venga aquí, por favor.

—Enseguida, señor.

Menos de dos minutos después, el director de Relaciones Públicas entró en el despacho de Nic. Tenía un aspecto tranquilo.

—¿Sabes algo de todo esto? —le preguntó Nic inmediatamente.

—No. Nada. Sin embargo, estoy seguro de que no hay nada de lo que preocuparse. Seguramente es un artículo genérico. Después de todo, estamos en plena temporada de bodas.

—Tal vez... —dijo Nic. No obstante, algo le hacía sospechar que no se trataba de eso. Normalmente, una editora jefe no se ocupa de artículos genéricos. Para eso tienen reporteros—. Averigüémoslo, ¿te parece? —añadió. Agarró el teléfono y conectó el altavoz—. Nic Durand al habla.

—Hola, señor Durand. Mi nombre es Darlene Bloomburg y soy la editora jefe de *Los Angeles Times*.

—Le ruego que me llame Nic. Encantado de conocerla, Darlene. ¿Qué puedo hacer por usted?

—Le llamo porque vamos a preparar un artículo sobre Bijoux que aparecerá en la primera página de la edición del viernes y quería comprobar algunos datos y darle también la oportunidad de pronunciarse sobre lo que se afirma en dicho artículo.

Las alarmas empezaron a sonar en la cabeza de Nic. Miró alarmado a Ollie, que se sentía tan sorprendido como el propio Nic.

–Quiere que me pronuncie…

–Si lo considera necesario, sí.

–¿Y puedo preguntarle sobre qué debo pronunciarme?

–Sobre el hecho de que el *Times* tiene una información bastante creíble que demuestra que Bijoux ha estado vendiendo diamantes de sangre por diamantes legales desde hace varios años.

–Eso es imposible –replicó Nic–. ¿Cuál es su fuente?

A su lado, Ollie empezó a ponerse rojo e indicándole con las manos que se detuviera. Nic no le prestó atención.

–¿Qué es imposible? ¿Que hemos descubierto las pruebas o que…?

–Que crean que pueden demostrar tal cosa cuando esa información es descaradamente falsa. Voy a volver a preguntárselo. ¿Cuál es su fuente?

–El *Times* nunca revela sus fuentes. ¿Estoy en lo cierto al entender que usted disputa nuestro descubrimiento?

–Pues claro que sí. Bijoux solo comercia con diamantes legales y lleva haciéndolo durante los diez años que Marc Durand y yo llevamos al frente de la empresa. Bijoux siempre demanda a todos los que cometan libelo de manera impresa o de cualquier otro modo.

–Entiendo. ¿Tiene alguna prueba que respalde sus afirmaciones de que sus diamantes se obtienen de manera legal?

–¿Habla usted en serio? Usted es la que me está acusando de mentir y de engañar y, más importante aún, de comprar diamantes a los países que permiten la esclavitud y el asesinato de niños mientras ello tenga como resultado diamantes que se puedan vender. Me parece que es usted la que necesita presentar pruebas que demuestren lo que está diciendo.

A su lado, Ollie fue cambiando del rojo a una tonalidad morada. No dejaba de mover los brazos, como si estuviera tratando de atraer la atención de un avión de rescate. Para impedir que a su director de relaciones públicas le diera un ataque al corazón en medio de la que prometía ser la madre de todas las crisis de relaciones públicas, Nic apretó el botón que evitaba que su interlocutora escuchara lo que estaban hablando y le preguntó:

–¿Qué es lo que quieres decirme?

–Quiero que consigas el artículo –le exigió Ollie–. No pueden publicar un artículo sin que tú lo veas primero. Dile…

–Sé lo que tengo que decirle. Vete a por Hollister –le ordenó. Nic quería al consejero jefe a su lado.

Nic volvió a apretar el botón. Claro que iba a conseguir aquel artículo, y después lo iba a romper en pedazos junto con quien lo escribió con sus propias manos.

–Debo decirle, Darlene, que, si usted publica ese artículo tal y como está, sin darme la oportunidad de verlo primero para poder indicarle lo mal informada que se encuentra, se estará usted enfrentando a una demanda de la clase de las que el *Los Angeles Times* no ha visto en toda su historia.

–Nuestra información es buena.

–Su información está equivocada, eso se lo garantizo.

–La ha proporcionado una persona de Bijoux, una persona que tiene pruebas de que la empresa ha comprado sistemáticamente diamantes de sangre y los ha hecho pasar por diamantes legales durante al menos siete de los diez últimos años.

–A ver si lo entiendo. Usted afirma que uno de mis empleados acudió a usted para darle información que nos implica no solo en la compra ilegal de diamantes de sangre, sino en una conspiración para defraudar a nuestros clientes afirmando que las gemas son legales.

–Esencialmente, sí. Eso es de lo que nuestra fuente nos ha proporcionado pruebas.

–Y, una vez más, ¿esa información vino de uno de los nuestros?

–Correcto.

–¿Y usted cree que va a publicar ese artículo dentro de tres días?

–Así es. Vamos a publicar ese artículo dentro de tres días.

–Sí, bueno, Darlene… Le aseguro que eso no va a ocurrir.

–Con el debido respeto, Nic…

–Con el debido respeto, Darlene, le han tomado el pelo.

–A *Los Angeles Times* no se le toma el pelo, señor Durand. Nosotros comprobamos exhaustivamente nuestras fuentes…

–Bueno, pues evidentemente no lo han hecho en este caso. Esta es la primera vez que Marc o yo tenemos noticia de estas alegaciones y, en una situación como esta, nadie está en posición de saber más sobre nuestros diamantes y sobre su procedencia. Conozco personalmente de dónde viene cada barco. Marc inspecciona cada mina con regularidad. Los números de certificación de las piedras se nos envían directamente a nosotros y solo nuestros expertos se pueden acercar a esos números. Todos nuestros diamantes son legales. Todos. Por eso, la invitó a venir y a recorrer nuestras instalaciones para ver todas las medidas que ponemos para asegurarnos de que no ocurre nada de lo que usted nos está acusando. Mientras tanto, estaré encantado de enviarle la información necesaria para que pueda ver usted de dónde vienen nuestros diamantes.

–Nuestra periodista trató en dos ocasiones de ir a visitar las instalaciones mientras estaba realizando la investigación necesaria para el artículo. El departamento de Relaciones Públicas le denegó el permiso las dos ocasiones.

Nic apretó los dientes y se preguntó en qué diablos había estado pensando Ollie. Seguramente, habría considerado que no tenía tiempo de acompañar a una periodista de un artículo que parecía a primera vista banal. Sin embargo, si la periodista le había dicho el verdadero propósito del artículo, Ollie no debería haberse negado, y mucho menos haberle ocultado a Nic la información, que habría hecho que Nic conociera la historia mucho antes de los tres días que faltaban para que se publicara el artículo. Y se imaginó que esa precisamente había sido la razón por la que la periodista no había contado la verdadera naturaleza del artículo que estaba escribiendo. Y por eso, todos lo estaban pagando…

–La incapacidad de su periodista para explicar la idea del artículo a mi departamento de Relaciones Públicas no es culpa mía.

–Por supuesto que no. Y supongo que el secretismo de su departamento de Relaciones Públicas y su incapacidad para tratar con la comunidad cuando es necesario tampoco lo es.

Nic apretó los dientes y trató de contar hasta diez para tranquilizarse. Cuando pudo volver a hablar sin temor a mandar a paseo a Darlene Bloomburg y a su periódico, dijo:

–Le enviaré la información inmediatamente. Mientras tanto, espero que usted me envíe por correo electrónico o fax una copia del artículo.

–No tenemos obligación alguna de hacerlo, señor Durand –replicó ella con voz firme, sin incertidumbre alguna.

Nic volvió a preguntarse quién sería su fuente. Repasó un listado de todos los empleados que se habían marchado recientemente. No se le ocurrió ni uno solo que fuera capaz de hacer algo sí. Todos se habían marchado de buen grado y, además, ninguno tenía acceso a la clase de información que podría convencer al *Times* para redactar una historia tan negativa, principalmente porque esa información no existía. Sin embargo, aunque existiera, ninguno de ellos habría podido acceder a ella.

–Tal vez no tenga obligación alguna, Darlene, pero va a hacerlo de todos modos. Si no lo hace, mis abogados presentarán una demanda hoy mismo contra usted y su periódico y también contra la reportera que ha escrito esa mentira. Si publica el artículo como está, sin llegar a la verdad del asunto, le juro que la demandaré. Cuando todo esto haya terminado, Bijoux será el dueño de *Los Angeles Times* y de todas sus propiedades. Ahora, tiene hasta las once para proporcionarme una copia del artículo si no quiere que los tribunales de Los Ángeles tengan noticias nuestras

Con eso, colgó el teléfono sin darle a Darlene la oportunidad de responder. Ya había oído más que suficiente.

Durante largos segundos, Nic no pudo hacer nada más que mirar al vacío e imaginar el peor de los escenarios si aquel artículo se publicaba. Bijoux perdería todo lo que había ganado bajo el liderazgo de Marc y Nic. Se les crucificaría en la prensa y en la comunidad internacional. Los demandarían innumerables asociaciones de consumidores y de minoristas del diamante. Los investigarían numerosas agencias federales e internacionales, por no mencionar el hecho de que, con todo eso, a su hermano se le rompería el corazón.

Por eso, Nic se iba a asegurar de que nada de aquello ocurriera. Marc y él habían trabajado mucho para construir aquella empresa después de hacerse con las riendas hacía diez años. Se habían enfrentado a la desaprobación de su padre, a la del consejo. Demonios, incluso toda la industria había fruncido el ceño ante la determinación de los dos hermanos por utilizar exclusivamente diamantes extraídos de manera legal.

Con el paso de los años, la industria había comenzado a apoyar más lo que los dos hermanos estaban haciendo, principalmente por el creciente interés internacional por el cumplimiento de los derechos humanos en lugares como Sierra Leona y Liberia. Se habían aprobado nuevas leyes que convertían en ilegal el comercio de diamantes de sangre, pero solo porque fuera ilegal no significaba que algunas empresas no siguieran comprando esos diamantes. Solo significaba que lo hacían en secreto en vez de abiertamente.

Marc y él no trabajaban así. No compraban esa clase de diamantes ni por supuesto se los vendían a los consumidores. Aquellas acusaciones eran absurdas, completamente descabelladas. Sin embargo, si surgía el rumor, Bijoux quedaría anulada como empresa y todo lo que los dos hermanos habían construido quedaría hecho pedazos. Nic no iba a permitir que eso ocurriera.

—Tenemos un problema.

Su hermano levantó la mirada cuando Nic entró en su despacho y cerró la puerta con fuerza.

—¿Qué es lo que pasa? —preguntó Marc alarmado.

Llevado por el instinto y la rabia, Nic golpeó la mesa con el puño cerrado con tal fuerza que todo lo que esta tenía encima se tambaleó.

Cuando Marc se volvió a mirar a su hermano, su rostro tenía una expresión tranquila.

—Dime.

—Acabo de colgarle el teléfono a una periodista de *Los Angeles Times*. Van a publicar un artículo de denuncia sobre Bijoux y quería comunicármelo antes de que se imprimiera.

—¿Un artículo de denuncia? ¿Y qué es lo que tiene que denunciar? —preguntó Marc mientras se ponía de pie y rodeaba el escritorio—. Los dos estamos a cargo de esta empresa en todos sus aspectos y aquí no ocurre nada que no sepamos nosotros. Dirigimos una empresa limpia.

–Eso es exactamente lo que le dije –respondió Nic mientras se mesaba el cabello y trataba de comprender la situación por millonésima vez.

Efectivamente, eran buenos con sus empleados, los trataban bien. Les subían el sueldo dos veces al año y una paga de beneficios una vez al año. Las instalaciones eran inmejorables y les proporcionaban gratuitamente todo lo que los empleados pudieran necesitar. Por eso, los empleados invitaban a sus jefes a bodas, bautizos, cumpleaños… Ellos acudían a todos. El sentimiento de pertenencia, de familia, en la empresa era muy importante para ellos, probablemente porque los dos hermanos nunca habían tenido mucha familia más del uno para el otro. El hecho de que alguien quisiera vengarse de ellos como para sabotearlos de aquella manera no tenía sentido alguno.

–¿Y? ¿Qué es lo que se denuncia? –preguntó Marc.

–Según esa mujer, van a denunciar el hecho de que estamos sacando diamantes de zonas de conflicto, certificándolos como diamantes legales y vendiéndolos al precio más alto posible para maximizar nuestros beneficios.

Marc se quedó boquiabierto. Durante varios segundos, lo único que pudo hacer fue mirar a Nic.

–Eso es ridículo –dijo por fin.

–¡Ya sé que es ridículo! Yo mismo se lo dije. Ella dice que tiene una fuente infalible que les ha proporcionado pruebas creíbles.

–¿Y quién es esa fuente?

—No ha querido decírmelo.

—Claro que no. No ha querido decírtelo porque esa fuente no existe. Toda la historia no existe. Sé perfectamente de dónde viene cada cargamento de diamantes y yo inspecciono esas minas con regularidad. Recibo personalmente los números de certificación y solo nuestros expertos en diamantes, expertos a los que yo he elegido personalmente y en los que confío a ciegas, se acercan a esos números.

—Se lo he dicho todo. La he invitado a venir y a recorrer nuestras instalaciones para ver exactamente cómo trabajamos en Bijoux.

—¿Y qué te ha dicho?

—Me ha dicho que la reportera que ha escrito el artículo había intentado venir, pero que los de relaciones públicas se lo habían impedido. Ahora es demasiado tarde. El artículo saldrá publicado el viernes y quieren saber nuestra opinión antes de que se imprima.

—El viernes es dentro de tres días.

—Lo sé. Por eso estoy aquí, muerto de miedo.

—De ninguna manera.

Marc tomó su teléfono y marcó un número. Los dos esperaron con impaciencia a que alguien contestara.

—Hollister Banks —dijo la voz del consejero jefe. Resultaba evidente que aún no había recibido el mensaje urgente que Nic le había enviado. Parecía demasiado alegre.

—Hollister, soy Marc. Te necesito ahora mismo en mi despacho.

—Estaré dentro de cinco minutos.

Marc colgó sin decir nada e inmediatamente marcó otro número.

–Lisa Brown, ¿en qué puedo ayudarle?

Nic escuchó cómo Marc le decía a su inspectora de diamantes lo mismo que acababa de decirle a Hollister.

–Pero Marc, acabo de recibir un nuevo envío…

–Mételo en la caja fuerte y vente aquí ahora mismo.

La impaciencia de su voz debió de haberle quedado muy clara a Lisa porque la inspectora no volvió a protestar. Accedió antes de colgar el teléfono.

Lisa y Hollister tardaron un par de minutos en llegar al despacho de Marc. Todos escucharon atentamente mientras Nic volvía a relatar lo ocurrido con Darlene Bloomburg.

A medida que iba contando la historia, su furia se acrecentaba. Cuando terminó, prácticamente estaba temblando de la ira. Era mucho más que una empresa lo que estaban tratando de destruir. Era su vida, la vida de su hermano, las vidas de sus empleados. Si Bijoux quebraba por aquel asunto, y sabía lo suficiente de marketing para comprender lo que ocurriría si aquel asunto se hacía eco, los afectados serían muchos más que solo Marc o Nic. Se investigaría a los empleados y, si la situación empeoraba, estos perderían sus empleos. Todo porque una periodista ignorante con aires de grandeza no sabía interpretar bien los hechos.

Mientras trataba de canalizar su ira, se prometió a sí mismo que haría todo lo posible porque aquella periodista fuera despedida, fueran cuales fueran los resultados de aquel artículo.

–¿Y quién es la fuente? –le preguntó Marc a Lisa después de que Hollister y ella escucharan lo que ocurría y las implicaciones que podía tener.

–¿Y por qué me lo preguntas a mí? No sé quién

sería capaz de realizar una afirmación como esa y vendérsela al *Times*. No creo que sea uno de los nuestros.

–Darlene Bloomburg parecía bastante segura de que era uno de los nuestros. Alguien que había tenido acceso directo para demostrar lo que está aseverando –comentó Nic.

–Pero eso es imposible, porque lo que dice esa persona no es cierto. Esas afirmaciones son ridículas –observó Lisa–. Marc y yo somos el primero y la última de la cadena de mando en lo que se refiere a aceptar y certificar el origen de esos diamantes. No hay posibilidad alguna de que ninguno de los dos cometiera un error de ese calibre, y ciertamente no mentiríamos sobre el origen de esas gemas. Incluso si alguien manipulara las gemas de algún modo entre el momento en el que yo las veo y cuando las ve, él le atraparía.

–Eso por no mencionar el hecho de que hay cámaras por todas partes, las veinticuatro horas del día, controladas por guardias de seguridad a los que se paga muy bien para asegurar que nuestros diamantes están a salvo –dijo Nic.

–Lo que esa persona está diciendo no es posible –añadió Lisa–. Por eso Marc insiste en ser la última persona de contacto para las piedras antes de que las enviemos. Verifica la geología y los números de identificación asociados a ellas.

–Hay una manera de hacerlo –le interrumpió Marc, con la voz más débil que de costumbre–. Si yo estuviera implicado en esa duplicidad, se explicaría todo.

–¡Pero no lo estás! –exclamó Nic.

–¡Eso es absurdo! –gritó Lisa al mismo tiempo.

Nic conocía a su hermano casi tan bien como se

conocía a sí mismo y sabía perfectamente que Marc nunca haría nada que pudiera hacerle daño a Bijoux. Los dos habían trabajado mucho para llevar la empresa hasta donde estaba en aquellos momentos como para ponerlo todo en peligro por unos ingresos extra. Ya tenían más dinero del que podían gastar en tres vidas.

—Marc tiene razón. Eso es precisamente lo que ellos argumentarán —dijo Hollister. Aunque resultaba evidente que no estaba de acuerdo, Nic comprendió que aquella rápida afirmación preocupaba a Marc.

No es que Nic culpara a Hollister. Aquello era mucho más que una empresa para ellos, mucho más que beneficios e incluso que diamantes. Su bisabuelo había creado Bijoux a principios del siglo xx y llevaba en manos de un Durand desde entonces.

—No me importa lo que tengas que hacer —le dijo Marc a Hollister después de una larga pausa—. Quiero detener todo esto. Hemos trabajado demasiado para construir esta empresa y convertirla en lo que es ahora como para tener más contratiempos. El robo de joyas de hace seis años daño nuestra reputación y estuvo a punto de dejarnos en la bancarrota. Esto destruirá todo lo que Nic y yo hemos intentado construir. Sabéis tan bien como yo que, aunque demostremos que las acusaciones son falsas, el estigma nos perseguirá para siempre. Aunque consigamos que ese periódico se retracte públicamente, no importará. El daño ya estará hecho. No voy a consentirlo. Esta vez no. No sobre algo así.

Las palabras de Marc se hicieron eco de los pensamientos que Nic había tenido antes. La similitud era tan parecida que hizo que comprendiera realmente la situación. Desde el momento en el que se enteró de lo del artículo, había dado por sentado que encontrarían el modo de detenerlo. Sin embargo, ¿y si no lo conseguían? ¿Y si se imprimía? ¿Y si todo por lo que tanto se habían esforzado se convertía en humo?

¿Qué harían entonces? ¿Qué haría él entonces?

Marc debía de estar pensando lo mismo porque cuando volvió a dirigirse a Hollister, su voz tenía una renovada urgencia.

–Llama a esa mujer. Dile que la historia es una descarada mentira y que si la publica los demandaré y los ataré a un tribunal durante muchos años. Cuando haya terminado, no tendrán ni un ordenador a su nombre y mucho menos una imprenta en la que poner el papel.

–Haré lo que pueda, pero…

–Haz mucho más que lo que puedas. Haz lo que haga falta para conseguirlo. Si piensan que van a poder dañar a esta empresa con una historia falsa basada en una fuente que se niegan a revelar y creen que yo no voy a defenderme, están muy equivocados. Puedes asegurarles que, si no me proporcionan pruebas definitivas de la verdad de sus afirmaciones, haré que mi trabajo en esta vida sea destruir a todos los implicados en esta historia. Cuando se lo digas, asegúrate de que comprenden que yo no hago amenazas ociosas.

–Se lo explicaré bien, pero Marc… –le advirtió Hollister–. Si te equivocas y te ves frente a frente con el mayor periódico de la Costa Oeste…

–No me equivoco. Nosotros no comerciamos con diamantes de sangre y nunca lo haremos. Todo el que lo afirme es un maldito mentiroso.

–Ya le he dicho eso mismo a esa mujer –dijo Nic después de que todos hubieran escuchado las palabras de Marc–, pero tenemos que hacer mucho más que amenazarles. Tenemos que demostrarles que están equivocados.

–¿Y cómo vamos a hacerlo exactamente? –le preguntó Lisa–. Si no sabemos quién les está dando la información, ni siquiera la clase de información que es, ¿cómo vamos a poder contradecirlos?

–Contratando a un experto en diamantes de sangre –afirmó Hollister–. Lo llevaremos a nuestros almacene y dejaremos que examine las minas de las que los extraemos. Entonces, lo traeremos aquí y le daremos acceso a todo lo que quiera ver. No tenemos secretos. Demostremos que decimos la verdad.

–Sí, pero contratar a un experto de ese calibre nos podría llevar semanas –protestó Lisa–. Solo hay doce personas en el mundo con las credenciales necesarias para certificar sin duda alguna nuestros diamantes. Aunque le paguemos el doble, no hay garantía de que haya uno disponible.

–Hay uno disponible –afirmó Nic mirando a su hermano.

Sabía que Marc no apreciaría su sugerencia. Sin embargo, los momentos desesperados reclamaban medidas desesperadas y él haría cualquier cosa, lo que fuera, para evitar que aquello ocurriera. Y eso incluía desenterrar el doloroso pasado de su hermano.

–Vive aquí, en San Diego, y da clases en GIA. Ella podría hacerlo.

Marc sabía muy bien a quién se refería, Nic y no se tomó bien la sugerencia. Gran sorpresa. Nic esperó a que él dijera algo, pero Marc permaneció en silencio. Nic no pudo aguantar más.

–Tío, dime algo…

–No puedo llamar a Isa, Nic. Ella se reiría en mi cara o nos sabotearía deliberadamente solo para vengarse de mí. No puedo pedirle que haga esto.

Nic hizo un gesto de desesperación con la mirada.

–¿No eras tú el que decía que no podíamos fallar en esto? Isa está aquí. Ella tiene la experiencia necesaria y, si la pagas bien y le consigues un sustituto para que se ocupe de sus clases, seguramente esté disponible. No podemos esperar nada mejor.

–Deberías llamarla –le dijo Hollister.

–Sí, claro –afirmó Lisa–. Se me había olvidado que Isabella Moreno está aquí en San Diego. Me he reunido con ella en unas cuantas ocasiones y es realmente encantadora. Deberíamos ir a por todas con ella. Si quieres, yo puedo tratar de hablar con ella.

–No –aseveró Marc muy serio–. Ya me ocuparé yo…

No parecía muy contento, pero al menos sí resignado. Y cauteloso. Eso le bastó a Nic. Su hermano era muy soberbio, pero Bijoux lo significaba todo para él. Conseguiría que Isa trabajara para ellos, aunque eso supusiera arrastrarse delante de ella para conseguirlo.

Mientras tanto, Nic se reuniría con Ollie y examinaría el artículo, que debería haber recibido ya en su correo electrónico. En caso de que ocurriera lo peor y el artículo terminara imprimiéndose, quería estar preparado para controlar los daños con las mejores armas.

Capítulo Siete

Los siguientes días transcurrieron lentamente mientras Nic esperaba impaciente lo que Isa pudiera descubrir. Estaba seguro de que Marc sentía la misma tortura. Se había ido con Isabella a Canadá y, en aquellos momentos, estaba allí, en el edificio, comprobando los diamantes. Demostrando inequívocamente, de una vez por todas, que quien les había dado aquella información a los del *Times* había mentido. Lo único que Nic hacía era estar allí, sintiéndose como si estuviera luchando con las dos manos atadas a la espalda.

La sensación no era agradable.

Nic y Ollie habían creado un buen plan para controlar todos los daños que se produjeran en las siguientes setenta y dos horas, pero Nic esperaba que no tuvieran que usarlo. Hollister había conseguido que el artículo se retrasara unos días. Lo único que podían hacer era esperar.

Esperar a que Isa certificara que sus diamantes no eran de sangre.

Esperar a que el *Times* decidiera lo que iba a hacer con el artículo.

Esperar a que seguridad peinara los archivos de la empresa para descubrir la identidad de la fuente.

Era una pena que Nic odiara esperar. Sin embargo, parecía que eso era lo único que hacía últimamente, incluso antes de que se desatara aquel problema. En realidad, todo había empezado en el momento en el que conoció a Desi. Le había enviado varios mensajes inmediatamente después de la noche que pasaron juntos, pero ella no le había respondido. Después, los espació a una vez a la semana, para que ella no pudiera decir que la estaba acosando. Solo quería… la quería a ella.

Había esperado siete semanas a que ella respondiera, pero Desi jamás lo había hecho. Por eso, al final, había terminado por renunciar a ella hasta el punto de borrar su número de teléfono de su lista de contactos. Le gustaba mucho, pero si ella no sentía lo mismo por él, no iba a pasarse toda la vida detrás de ella. Sobre todo, cuando, en total, habían pasado un poco menos de doce horas juntos.

Decidido a olvidarse de ella de una vez por todas, agarró su portátil. Empezó a trabajar en los planes de marketing para el próximo invierno. Había tenido una idea estupenda mientras recorría la casa a las tres de la mañana. Debería anotarla antes de que se le olvidara.

Acababa de abrir el ordenador cuando el interfono que tenía sobre el escritorio comenzó a sonar. Era su hermano. Su voz le dio la distracción que tan desesperadamente había estado buscando.

–Ven a mi despacho, ¿quieres? Quiero comentarte una cosa.

–Iré enseguida –respondió él, encantado de tener por fin algo que hacer.

Agarró su teléfono y su taza de café y se dirigió al despacho de Marc.

–¿Qué ocurre? –le preguntó a Marc en cuanto entró en su despacho.

–Quiero hablar sobre la campaña de publicidad de diciembre. Quiero que sea más potente y que estamos en todos los lugares en los que tenemos que estar.

–Lo estaremos. Te lo prometo.

–Sin embargo, quiero invertir más dinero en esa campaña. Otros cincuenta millones más o menos…

–No necesitamos invertir ese dinero…

–No lo sabes. No sabes lo que hará falta si…

–Claro que lo sé, y por eso estamos retocando parte de la campaña. Seguirá habiendo anuncios parecidos a los de siempre, pero habrá otros que hablen de convertir el mundo en un lugar mejor y de llevar alegría a los que no la conocen… El nombre de Bijoux estará presente, pero no se mencionará la compra de nada, ni los regalos… Nos centraremos más bien en los niños de los países en desarrollo, poniendo un énfasis en particular en los diamantes de sangre y en los que se ven obligados a extraerlos.

–Me parece muy inteligente. Estoy impresionado.

–No suenes tan sorprendido. De vez en cuando, sé lo que hago, ¿sabes?

Marc lanzó un bufido.

–Bueno, no nos volvamos locos ahora.

–Sí, porque yo soy el cuerdo en este despacho.

–¿Perdona? Quiero que sepas que soy un hombre excepcionalmente cuerdo.

–Sí, eso es lo que dicen todos, hermano, justo antes de que se corten la oreja u otra parte del cuerpo.

–Te aseguro –afirmó Marc–, que no tengo intención alguna de cortarme la oreja ni de cortársela a nadie.

–¡Eh, espera! No lo descartes hasta que no lo hayas probado. La locura podría sentarte bien.

—A ti ya te sienta bien.

—Creo que estás confundido. Esto no es locura, tío. Es seguridad en mí mismo.

Marc lo miró unos instantes antes de responder.

—No, es locura.

Nic no lo pudo evitar. Se echó a reír. Se sintió bien al poder compartir aquel momento de relax con su hermano. Se sentó en una butaca y se dijo que aquello debía de ser una señal de que, por fin las cosas estaban mejorando.

Harrison, uno de los abogados de la empresa y uno de sus mejores amigos, entró un par de minutos más tarde. Apenas acababa de sentarse cuando la puerta se volvió a abrir otra vez. En aquella ocasión se trataba de Isa, que entró en el despacho con una carpeta en la mano.

Les sonrió a todos antes de acercarse al escritorio y apoyar la carpeta.

Marc la miró con curiosidad. Entonces, abrió la carpeta y vio lo que contenía. Una enorme sonrisa se esbozó en su rostro.

—¿Lo tenemos?

—Lo tenemos —respondió Isa—. No he encontrado ni una sola irregularidad.

La adrenalina se apoderó de Nic. Al escuchar aquella confirmación, se levantó de la silla y comenzó a agitar un puño en el aire.

—¡Sabía que esa periodista tenía una fuente que no era de fiar! —gritó—. ¡Lo sabía!

Le dio a Marc unos segundos más para que pudiera terminar de examinar la documentación que Isa le había proporcionado y luego le arrancó la carpeta de las manos y salió por la puerta.

–¿Adónde vas? –le preguntó su hermano.

–A hacer una copia de este archivo. Luego, voy a ir a *Los Angeles Times* para que esa periodista se coma cada una de estas páginas. Espero que se atragante con ellas.

Por el camino, estuvo pensando lo que le diría a la tal Maddox y a la redactora jefe de *Los Angeles Times*. Se le ocurrían un millón de comentarios que poder decir, pero dado que era un caballero y no tenía por costumbre maldecir a las mujeres, elaboró un pequeño discurso. Breve, conciso y claro. Tal vez era un caballero, pero eso no significaba que no debiera decir las cosas claras, en especial en algo como aquello.

Aparcó frente al edificio. Se imaginó que tendría pasar la criba de varios guardias de seguridad y tal vez varias recepcionistas antes de que consiguiera llegar a la tal Maddox o a Bloomburg, pero todo resultó más fácil de lo esperado. Tras pasar el control de seguridad, se registró en recepción y tomó un ascensor que lo llevo directamente a la redacción principal del periódico.

Al salir vio una redacción llena de escritorios que estaban prácticamente vacíos, lo que no era de extrañar, dado que había llegado en medio de la hora de comer. A excepción de un par de personas, los pocos presentes estaban reunidos en una mesa en la parte delantera de la sala, hablando animadamente.

Vio que no había recepcionista ante la que presentarse ni nadie al que informar de su identidad. Le sorprendió que un periódico tan importante tuviera una seguridad tan relajada.

Decidió que encontraría el escritorio de la tal Maddox y se quedaría esperándola hasta que regresara de almorzar.

Por fin, un tipo con una cámara enorme colgada del cuello lo interceptó a mitad de la redacción. Cuando Nic le dijo que tenía algo que entregarle a D.E. Maddox, el tipo le indicó un escritorio cerca de uno de los rincones. Sorprendentemente, era uno de los pocos que tenía a alguien trabajando.

Perfecto. Podría enfrentarse a Maddox en caliente y marcharse de allí tan rápidamente como le fuera posible.

La mujer estaba de espaldas, pero al acercarse, vio que tenía una hermosa cabellera de color rubio platino que le despertó algo y le hizo pensar en Desi cuando su cabello se había quedado extendido como un abanico por la almohada. Apartó aquel recuerdo, pero, por alguna razón, le resultaba imposible olvidarse de Desi. Cuando se acercó un poco más a la mujer comprendió por qué.

Cuando estaba a una corta distancia, pudo verle el perfil. Los marcados pómulos y los gruesos y atractivos labios. La piel dorada por el sol y el hoyuelo en la mejilla derecha. De repente, no le pareció tan descabellado que aquella mujer le recordara a Desi, a la que llevaba dieciocho semanas tratando de olvidar.

–¿Desi?

No había tenido intención de decir su nombre en voz alta ni atraer su atención hasta que no hubiera podido enfrentarse a la sorpresa de que D.E. Maddox, la odiada reportera, no era otra que la mujer a la que se había llevado a su casa.

Ella se volvió a mirarlo en cuanto escuchó su nombre. Abrió los ojos de par en par al darse cuenta de quién estaba a pocos metros de ella, observándola. Nic esperó que ella se mostrara culpable o, al menos, que pareciera sentir lo ocurrido. No fue así. Muy al contrario, los ojos de Desi ardían de furia, una furia que prendió la de Nic sin que pudiera evitarlo.

–¿Qué estás haciendo aquí? –le espetó mientras se ponía de pie–. ¿Visitando los barrios bajos?

¿Visitando los barrios bajos? Nic ni siquiera comprendía a qué se refería con eso, y mucho menos cómo se suponía que debía responder a tan extraña acusación. ¿Cómo podría comprenderlo cuando aún estaba tratando de hacerse a la idea de que Desi llevaba semanas investigándolo sin que él se diera cuenta?

–¿Y bien? –le preguntó ella. Fue la impaciencia en su voz la que empujó a Nic a reaccionar.

–He venido para entregarle esto a D.E. Maddox –dijo mientras blandía la carpeta como el arma en la que esta se había convertido–, pero tengo que admitir que me sorprende un poco verte a ti sentada a su escritorio.

–No sé por qué. Tú no sabes nada sobre mí.

–Entonces, ¿de verdad vas a hacer esto? –le preguntó él furioso–. ¿Vas a fingir que no ocurrió nada entre nosotros?

–Y efectivamente no ocurrió nada –respondió ella fríamente–. Al menos, nada importante.

–Entonces, ¿qué fue aquella noche? ¿Una preparación para todo lo que venía después? ¿La manera de conocer al objeto de tu investigación antes de que tuvieras oportunidad de arruinar su vida y su negocio?

–Yo no he arruinado ni tu vida ni tu negocio. Eso lo

hiciste tú solo cuando decidiste comerciar con diamantes de sangre.

–Ya le dije a tu editora jefe el otro día, y ahora te
lo digo a ti, que Bijoux no comercia con diamantes de
sangre –le espetó antes de dejar caer la carpeta sobre el
escritorio–. Y aquí tengo las pruebas.

Ella ni siquiera miró la carpeta.

–Y yo tengo pruebas de que sí lo hace.

–Muéstramelas.

–No pienso hacerlo.

–Por supuesto que no. ¿A quién le importa si te in-
ventas una historia mientras se vendan periódicos?

–Yo no falsifico pruebas –replicó Desi mientras se
ponía de pie y empezaba a rodear el escritorio–. Ni he
falsificado la historia.

–Pues alguien sí lo ha hecho. Tal vez no hayas sido
tú. Tal vez no seas una falsa. Tal vez solo seas una pé-
sima reportera.

–¿Quién te crees que eres? –le preguntó Desi mientras se encaraba con él.

Durante un instante, durante tan solo un instante,
Nic se vio distraído por el fulgor de aquellos ojos y la
arrebolada piel. Por el aroma a vainilla. Por su calidez.
Sin embargo, entonces asimiló sus palabras y sintió
que el mal genio le llegaba a niveles insospechados.

–¿Que quién creo que soy? –le espetó–. Yo no creo
nada. Sé exactamente quién soy. Soy el hombre cuyo
negocio, que por cierto tiene cien años de existencia,
decidiste que te apetecía destruir. Soy el hombre al que
has acusado de los peores delitos y de las mayores violaciones a los derechos humanos. Soy el hombre con el
que te acostaste para poder escribir un artículo y al que

luego dejaste en el momento en el que te diste cuenta de que no te sería de utilidad.

–Yo no te he acusado de nada que no hayas hecho. Y no te dejé. Tú me dejaste a mí.

Nic la miró fijamente. Se había quedado sin palabras. Durante un instante, temió que la cabeza le fuera a explotar.

–¿Es así como lo haces? –le preguntó–. ¿Es así como justificas las vidas que arruinas? Escribes la historia a tu manera para que encaje con la versión que tú quieras darle. ¿Necesitas una historia importante para darle un empuje a tu carrera? No hay problema. Es muy fácil fabricar pruebas. ¿Quieres olvidarte de que te acostaste conmigo para conseguir una historia? Fácil. Solo tienes que fingir que no estuve semanas enviándote mensajes para tratar de conseguir que hablaras conmigo. Te has equivocado, Desi. ¡Huy, perdona! Quería decir D.E. No deberías ser periodista. Deberías ser escritora de ficción. Probablemente convertirías tu primera novela en un superventas.

Desi tardó varios segundos en responder. Se limitó a mirarlo fijamente, con la mandíbula apretada y los ojos tan fríos como el mar.

–No sabes de qué estás hablando –dijo por fin.

–¿Sabes una cosa? Si vas a volver a llamarme mentiroso otra vez, entonces…

–Entonces, ¿qué?

Nic se quedó demasiado atónito por su agresividad y por su total falta de remordimiento como para poder responder.

–Eso es lo que pensaba… –se burló ella–. No tienes nada…

La ira explotó dentro de él, mezclada con incredulidad, confusión y más atracción de la que quería admitir. Nic saltó por fin. Dio un paso al frente y la acorraló contra el escritorio. Sin embargo, en el momento en el que su cuerpo tocó el de ella, supo que había cometido un error. Con aquel contacto, la atracción que sentía por ella volvió a cobrar vida y explotó con una conflagración de tórrido deseo y desesperada necesidad.

Él no fue el único que se vio afectado. Vio que Desi se sonrojaba. Notó que la respiración se le aceleraba y que las manos que ella le había colocado contra el pecho le temblaban.

–¿Qué estás haciendo? –le susurró ella al ver que Nic se acercaba aún más.

–No lo sé…

–En ese caso, deberías detenerte.

–Tal vez. Sin embargo, si quieres que lo haga, no deberías sujetarme con tanta fuerza.

Desi contuvo la respiración y trató de apartarse, pero él no se lo permitió. La retuvo con una mano en la cadera y la otra en la espalda.

Nic no sabía lo que estaba haciendo. Lo único que sabía era que una parte de su ser quería castigarla por lo que le había hecho pasar, mientras que la otra no deseaba nada más que llevársela a casa y volver a hacerle el amor hasta que gritara su nombre.

Nic se movió ligeramente. Entonces, sintió una suave patada contra el abdomen.

–¿Qué ha sido eso? –le preguntó, sobresaltado.

–Eso –respondió ella mirándose el vientre, ligeramente redondeado–, es la razón por la que te dejé un mensaje de voz.

Capítulo Ocho

Desi no sabía si el aspecto que Nic tenía era de estupefacción o de estupidez mientras miraba la suave curva de su vientre.

–Cierra la boca –le dijo ella.

–¿Estás embarazada?

–Eso parece, ¿no crees?

¿Cuánto tiempo iba Nic a seguir fingiendo? Después de tratar de hablar con él por teléfono en tres ocasiones diferentes, Desi se había rendido y le había dado la noticia en un mensaje de voz. Y no lo había hecho delicadamente. Se lo había dicho sin rodeos. Simplemente que estaba embarazada y que le gustaría mucho que él le devolviera la llamada.

No era necesario decir que Nic no lo había hecho.

Y en aquellos momentos, allí estaba, completamente asombrado por lo que acababa de descubrir después de acusarla de falsificar pruebas para su artículo, algo que era una total y absoluta mentira. Lo había comprobado todo antes de escribir el artículo. Nic no tenía derecho alguno a presentarse allí sacando pecho y amenazándola solo porque no le gustaba lo que había descubierto. Bueno, ese no era su problema, ¿no?

Excepto que, cuando más permaneciera él allí, más empezaba a sentir ella que era totalmente su problema. Cuando los ascensores comenzaron a sonar, marcando el regreso de la mayoría de los empleados, supo que tenía que llevárselo a un lugar más privado.

—Acompáñame —le dijo.

Le agarró del brazo y le llevó hasta la escalera. Cuando por fin salieron del edificio, él parecía haberse recuperado un poco, o al menos lo suficiente para preguntar:

—¿Es mío?

—Por supuesto que es tuyo. Si no, no te habría llamado y dejado ese mensaje de voz.

—Te juro que no recibí mensaje de voz alguno. Si lo hubiera recibido, te habría llamado. Te habría… Entonces, ¿estás de dieciocho semanas?

—Has calculado el número con mucha rapidez —repuso ella, sorprendida de que Nic recordara exactamente cuándo habían estado juntos.

—Yo no fui el que se marchó.

—¿Y qué significa eso?

—Significa que quería volver a verte. Te envié muchos mensajes para tratar de conseguir que tú respondieras. Tú fuiste la que elegiste no hacerlo.

Nic tenía razón. Sabía que él tenía razón, pero, sin embargo, no podía dejarlo estar.

—Si estabas tan interesado por mí, ¿por qué no me llamaste cuando yo te llamé? Aunque no recibieras el mensaje de voz, tendrías que haberte dado cuenta de que te llamé.

Por primera vez desde que se presentó en la redacción como una especie de ángel vengador, Nic no la miró a los ojos. Eso le dijo a Desi todo lo que necesitaba saber.

—Borré tu número. Si me llamaste…

–Cuando te llamé –le corrigió ella.

–Cuando me llamaste, aparecías como un número desconocido.

Bueno, si eso no le indicaba exactamente el terreno que pisaba con el hombre que era el padre de su hijo, ninguna otra cosa lo haría. Se había pasado semanas, meses, leyendo obsesivamente sus mensajes mientras que él, simplemente, la había borrado de su vida.

–Claro. Por supuesto –replicó ella tratando de hacer que pareciera como si no le importaba, aunque no lograba ocultarlo por el gesto de su rostro–. Está bien. Perfecto. De verdad. Vuelve a eso.

–¿Que vuelva a qué?

–A tu vida, y deja que yo viva la mía para que nunca nos volvamos a reunir.

Nic la miró como si ella hubiera perdido la cabeza.

–Odio tener que decírtelo, pero ya nos hemos reunido. E hicimos un bebé.

–Lo dices como si se supusiera que tengo que sorprenderme por las consecuencias de nuestra noche juntos. Yo soy la que lleva este bebé en el vientre desde hace dieciocho semanas y yo soy la que va a tener que ocuparse de él cuando nazca. Por lo tanto, déjate de la tontería esa de que hemos hecho un bebé y márchate por donde has venido.

–No creerás que va a ser tan fácil, ¿verdad?

–No veo por qué tiene que ser complicado. Tú sigues viviendo tu vida exactamente como lo has hecho siempre y yo decidiré qué hacer con el bebé…

–Tal y como hemos establecido, estás de dieciocho semanas. Eso significa que ya has decidido lo que hacer con el bebé. Si no vas a abortar…

–¡Por supuesto que no! En eso no vas a tener suerte.

Nic se mesó el cabello con frustración.

–¿Te estás mostrando deliberadamente obtusa? He dicho que, evidentemente, has decidido lo que hacer con el bebé y que lo vas a tener y tú lo interpretas como que yo he dicho que quiero que abortes ¿Qué te pasa?

Desi estuvo a punto de soltar la carcajada. Si le hubieran dado un dólar por cada vez que alguien le había hecho aquella pregunta, bueno… no estaría trabajando en un periódico. Eso era seguro.

–Mira, ni siquiera sé por qué estamos teniendo esta discusión. No es tu problema…

–¿Que no es mi problema? –replicó él.

–Exactamente. No es tu problema. Mi trabajo no es estupendo, pero tiene sus beneficios y el seguro de vida de mi padre me dejó bien cubierta a su muerte. Por eso, no tienes que preocuparte porque yo pueda necesitar algo de ti. No es así. Sé que este es mi bebé y…

–¿Tu bebé?

Ella lo miró con desaprobación, totalmente exasperada por las constantes interrupciones a las que Nic la sometía cuando se estaba esforzando tanto por tratar de llevar a cabo aquella conversación sin llorar. Desde que se quedó embarazada, las hormonas provocaban que sus sentimientos se desbocaran.

–¿Sabes una cosa? Estás empezando a sonar como un loro.

–Y tú estás empezando a sonar como una lunática. Ese bebé que llevas en tu vientre es tan mío como tuyo y…

–¿De verdad? ¿Tan tuyo como mío? En estos momentos él está dentro de mi cuerpo, por lo tanto…

–¿Es un niño? –preguntó él inmediatamente–. ¿Ya sabes que es un niño?

Desi estuvo a punto de mentir, a punto de decirle que no lo sabía. Desde el momento en el que se enteró de que estaba embarazada, pero particularmente cuando lo llamó sin obtener respuesta, había empezado a pensar en aquel bebé como un ser exclusivamente suyo. Alguien a quien cuidar. Alguien a quien amar.

Mentirle tan solo para hacerle daño no estaba bien. Por lo tanto, asintió de mala gana.

–Sí. Es un niño.

Los ojos de Nic se nublaron ante tal afirmación y, durante varios segundos, pareció incapaz de decir nada.

–Vaya, acaba de convertirse en algo real, ¿sabes? Vamos a tener un niño.

A Desi no le gustaba en absoluto el cariz que estaba tomando aquello.

–Yo voy a tener un niño –replicó.

–¿Volvemos a eso? ¿En serio? –le preguntó él con aspecto desilusionado.

Esa reacción tocó una tecla dentro de ella. Le hizo sentirse incómoda bajo su escrutinio y bajo la comprensión de que estaba ante un hombre que parecía tomarse muy en serio sus responsabilidades. Un hombre que no abandonaba a su hijo a la primera señal de problemas.

Sin embargo, ¿cómo podía estar segura de eso? Nic acababa de descubrir que ella estaba embarazada, por lo que era normal que se sintiera interesado. Por supuesto que quería estar implicado. Sin embargo, eso no significaba que se lo hubiera pensado lo suficiente y que se fuera a hacer cargo cuando se hiciera a la idea.

–¿Que volvemos a eso? No lo habíamos dejado –le dijo ella–. Este es mi hijo.

–Nuestro hijo.

–Mi hijo. Él…

–Dios –susurró Nic mientras se mesaba el cabello con una mano con gesto de frustración–, ¿por qué te muestras tan obstinada en este asunto? No te entiendo. De verdad que no te entiendo. Primero, no me respondes cuando trato de ponerme en contacto contigo después de la noche que pasamos juntos. Después, escribes un artículo con el que quieres arruinar mi empresa basándote en un montón de mentiras. Y ahora, estás tratando de apartarme de la vida de nuestro hijo incluso antes de que nazca. No lo entiendo. ¿Qué es lo que te he hecho para que me odies de esta manera?

–Yo no te odio –respondió ella mientras un sentimiento de culpabilidad se iba apoderando de ella.

–¿De verdad? Porque tal y como yo lo veo eso es precisamente lo que parece –añadió sacudiendo la cabeza. Luego, se volvió de espaldas a ella y empezó a alejarse.

Desi sintió que el alma se le caía a los pies. Nic se marchaba. Se rendía. Se dijo que eso no estaba mal. Mejor en aquel momento que después de que naciera el bebé o cuando ella ya hubiera empezado a depender de él. Desi le observó con la cabeza gacha, las manos en los bolsillos…

–Mira –le dijo tras dar unos cuantos pasos en su dirección–. El hecho de que yo escribiera ese artículo no tiene nada que ver contigo.

Nic la miró como si estuviera loca.

–Tú escribiste un artículo denunciando a mi familia.

Prácticamente crucificaste a mi hermano con las mentiras de una fuente a la que no dejas de proteger. Creo que todo eso sí que tiene que ver conmigo.

–No eran mentiras.

–Sí, claro –bufó él–. Sigue repitiéndotelo. Para ser periodista, parece importarte un comino la verdad.

–¡Tú no sabes nada sobre mí! –gritó ella.

–Porque no quieres hablar conmigo. Dios… Estás a mitad de tu embarazo y ni siquiera me lo has dicho.

–Sí que te lo dije…

–¿Con un mensaje de voz? ¿Con un maldito mensaje de voz? ¿Quién es capaz de hacer algo así?

–¡Me quedé embarazada de un desconocido! ¿Qué otra cosa se suponía que tenía que hacer?

–¡Se suponía que tenías que responder a mis mensajes! –rugió él–. ¡Se suponía que tenías que informarme sobre las acusaciones de ese canalla sobre Bijoux! Se suponía que tenías que decirme a la cara que estabas embarazada y que yo te escuchara.

–Así no es como yo hago las cosas –dijo ella. Ya no suplicaba para que le prestaran atención. Ya no. Y ciertamente no a un hombre que no significaba nada para ella.

–¿Cómo? ¿Razonablemente? ¿Como una mujer adulta? ¿Sinceramente? Sí, créeme. Estoy empezando a darme cuenta que tú no haces las cosas así.

–¡Vete al infierno! –rugió ella–. Explotas a los niños y engañas a los consumidores. Te haces rico con los diamantes de sangre. Mientes todos los días de tu vida. ¿Quién demonios eres tú para juzgarme?

Se había sentido tan desilusionada cuando las alegaciones habían resultado ser ciertas. Herida a pesar de que sabía que se trataba de una respuesta ridícula. Nic le había parecido tan perfecto, tan buen chico aquella noche en su casa… Descubrir que negociaba con monstruos solo para obtener beneficios, solo para ganar más dinero… Eso le había dolido más de lo que debería.

–Tú no escuchas a nadie, ¿verdad? –le preguntó él con incredulidad–. Crees lo que quieres y haces lo tuyo sin importarte las consecuencias. Sin importarte la verdad. ¿Cómo piensas ser reportera con una actitud así?

Desi sintió aquellas palabras como si fueran una bofetada, un golpe en lo más profundo de su alma.

–Soy reportera.

–Eres una niña jugando a ser adulta –le espetó él mientras se metía las manos en los bolsillos y respiraba profundamente–. ¿Sabes una cosa? No estamos llegando a ninguna parte con esta conversación. ¿Por qué no regresas a tu escritorio, lees el informe que te he dado y hablas con la editora jefe, que también dispone ya de una copia? Después, decide lo que quieres hacer y llámame. Hablaremos entonces.

–Sí, claro. Estoy segura de que lo haré. Tal vez te deje un mensaje de voz.

El rostro de Nic se oscureció durante un instante. Pareció que iba a contestar, pero al final pareció pensárselo mejor y no lo hizo.

–Llámame cuando quieras hablar –le dijo simplemente.

–Nunca voy a querer hablar contigo.

–Pues es una pena, ¿no te parece? Porque soy el padre de ese niño y seré parte de su vida. De hecho, la única pregunta que yo veo ahora es si lo serás tú.

Con eso, se dio la vuelta para marcharse. Desi se

quedó inmóvil, observándolo, con el miedo atenazándole la garganta. No tenía dificultad alguna para reconocer que aquello había sido una amenaza en toda regla.

Durante un instante, no pudo comprender cómo había llegado a ese punto Aquella mañana, se había despertado como madre soltera y se había sentido bien al respecto. Más que bien. Feliz. Seis horas más tarde, el hombre que había engendrado aquel niño, un hombre al que ni siquiera conocía, había amenazado con quitarle a su hijo. Y era lo suficientemente rico como para poder hacerlo.

–¡Eh! –le gritó. Sin embargo, Nic no se dio la vuelta. Ni siquiera hizo un gesto que revelara que la había escuchado–. ¡Nic!

Echó a andar detrás de él, pero, antes de que hubiera podido dar dos pasos, sintió que el teléfono vibraba. Acababa de recibir un mensaje. Lo abrió y, al leer las palabras de Malcolm, se quedó helada.

Cancelado el artículo sobre Bijoux. La fuente era falsa. Ven a verme inmediatamente.

Capítulo Nueve

Nic se metió en su coche y salió rugiendo del aparcamiento con la intención de no parar hasta que no estuviera a varios kilómetros de Desi Maddox y de aquel periódico.

Por una vez, el tráfico de Los Ángeles cooperó con él y avanzó con velocidad por las calles mientras trataba de calmarse, mientras trataba de hacerse a la idea de que estaba a punto de ser padre. Padre. La palabra se hacía eco en su pensamiento y le hacía sentir su peso por todas partes.

En poco menos de cinco meses, se convertiría en padre de un niño. Entonces, ¿qué? No sabía nada sobre el hecho de ser padre. ¿Cómo iba a saberlo cuando su propio padre se había erigido en tan pésimo ejemplo?

Siguió conduciendo, dirigiendo su Porsche por el tráfico tratando de no dejarse embargar por el pánico. Estaba más que dispuesto a ejercer de padre y a ocuparse de su hijo, pero le aterrorizaba poder fastidiarlo todo. Cometer errores que le hicieran daño a su hijo tal y como su padre le había hecho daño a él y a Marc. No quería hacer algo así. No quería ser el hombre que defraudaba a su familia una y otra vez.

Estaba tan perdido en sus pensamientos que no se dio cuenta de que se saltaba un semáforo justo cuando se ponía la luz en rojo. Los cláxones rugieron a su alrededor. Levantó la mano a modo de disculpa. No obstante, decidió que tal vez debería parar para serenarse antes de que causara un accidente.

Griffin Park estaba a pocas manzanas de distancia de allí. Se colocó a la derecha para poder efectuar el giro y meterse en el aparcamiento del observatorio. Sin embargo, una vez allí, no pudo permanecer tranquilo en el coche. Los pensamientos que lo abrumaban eran demasiado poderosos. Necesitaba hacer algo para no sentirse aplastado por su peso.

Salió del coche y se dirigió hacia el parque. Al menos, allí podría andar y sentir el aire fresco de la naturaleza para aclararse el pensamiento. Sin embargo, mientras andaba, los pensamientos se le fueron enmarañando aún más. No se trataba solo del hecho de que iba a ser padre. Si tenía un hijo, tenía una responsabilidad. Eso estaba claro como el agua.

Se trataba más bien del resto…

¿Qué clase de padre sería? ¿Cómo podría evitar hacerle daño a su propio hijo del modo que su padre se lo había hecho a él? ¿Cómo conseguiría superar el muro que Desi había construido a su alrededor para poder hablar con ella y conseguir que le escuchara?

¿Cómo iban los dos a construir una especie de unidad familiar segura para su hijo cuando ella parecía odiarle, cuando tan solo era capaz de pensar lo peor de él, cuando no quería tener nada que ver con él?

Nic había llevado esa vida, atrapado entre dos padres que se odiaban el uno al otro y que utilizaban a sus hijos como armas arrojadizas. No iba a permitir que aquello le ocurriera a su hijo. No iba a permitir que su hijo creciera del mismo modo que habían crecido Marc y él.

Sin embargo, ¿cómo iba a poder evitarlo? ¿Cómo iba a lograr convencer a Desi de que podía confiar en él cuando le decía que no le haría daño ni a ella ni al bebé? Y hablando de confianza, ¿cómo diablos iba él poder volver a confiar en Desi después de todo lo que ella le había hecho?

Estaba dispuesto a aceptar que ella había creído a la fuente equivocada, que se había creído todo lo que le habían contado sobre el origen de los diamantes, pero era una periodista de investigación, aunque novel, por lo poco que había encontrado de ella en Internet. Su trabajo era investigar los hechos, hablar con la gente de ambos bandos para contrastar la historia y averiguar quién estaba diciendo la verdad. No lo había hecho. A pesar de que, en su opinión, habían pasado una noche espectacular juntos, a pesar del hecho de que Nic era el padre de su hijo, quien, con el tiempo, sería uno de los herederos de Bijoux, no había dudado en escribir un artículo que hubiera podido costarle la ruina a su familia. Ni siquiera había tenido la decencia de ponerse en contacto con él para ver cuál era su versión de la historia.

Tenía que odiarle mucho para ser capaz de hacer algo así. ¿Por qué? ¿Qué le había hecho él aparte de darle siete orgasmos y tratar de volver a verla? Desi le gustaba mucho, mucho… al menos hasta que se enteró de que le había hecho todo aquello.

Mientras paseaba, repasó la noche que pasaron juntos para tratar de encontrar algo que pudiera haber desatado su ira. Nic se había comportado según las reglas y, sin embargo, ella había estado a punto de destruirlo. No tenía ningún sentido.

—¡Papa! ¡Papá! ¡Empújame un poco más alto!

Aquellos chillidos de alegría llamaron su atención. Escuchó una risa masculina y vio a un hombre de su edad aproximadamente empujando a un niño montado en un columpio. El niño era adorable y tenía la sonrisa más amplia que Nic había visto en mucho tiempo.

–¡Más rápido, papá! ¡Más rápido!

El hombre se volvió a reír e hizo lo que su hijo le había pedido. No supo a ciencia cierta el tiempo que permaneció allí, pero debió de ser lo suficiente para que el padre le dedicara una mirada de extrañeza.

–Lo siento –dijo mientras se alejaba poco a poco del lugar–. Es que acabo de descubrir que… voy a ser papá de un niño…

Al escuchar aquellas palabras, la mirada de sospecha desapareció del rostro del hombre y lo observó con sorpresa.

–¿Acaba de descubrir que su esposa y usted están esperando un niño? –le preguntó.

No era del todo cierto, pero se acercaba bastante a la realidad. Nic decidió dejarse llevar por la conversación.

–Sí, es…

–Intenso –le dijo el hombre.

–Sí. Exactamente. Totalmente intenso. Aún no puedo asimilarlo.

–¡Papá, más alto! –exclamó de nuevo el niño.

–Sí, es una locura, pero también es genial. Tener un hijo es maravilloso.

–Ya lo veo. ¿Cuántos años tiene el suyo?

–Acaba de cumplir cuatro –el hombre hinchió el pecho de orgullo–. Es un diablillo. Siempre quiere ir más rápido o más alto. Buena suerte con el bebé –le dijo a Nic.

–Gracias.

–La va a necesitar. Es la mayor locura que hará en su vida, pero es una hermosa locura.

Entonces, se subió al niño a los hombros y echó a correr mientras el pequeño gritaba y reía de alegría.

Tal vez aún no supiera nada sobre ser padre, pero tenía cinco meses para aprender lo básico y una vida para el resto.

Esperaba que Desi se pusiera al mando. Él se sentaría a su lado y se mostraría dispuesto a hacer las cosas como ella dijera.

¿Cómo había podido meter la pata de aquella manera? Desi miró las pruebas que tenía frente a sí.

Nic había llevado toda clase de documentación, incluso un análisis químico. Ese análisis demostraba que los diamantes encajaban perfectamente con el perfil químico de los que se extraían en las minas canadienses y no en las africanas. Los diamantes de Canadá no eran diamantes de sangre.

Esa no era la única prueba que Nic les había proporcionado, aunque ciertamente bastaba, considerando que iba avalada por una de las máximas autoridades en diamantes de sangre del mundo entero.

Nic había hecho bien los deberes y les había entregado todo lo necesario para desprestigiar el artículo.

Todo había sido falsificado. Todo eran mentiras. Páginas y páginas inventadas que habían hecho que ella mordiera el anzuelo porque, en realidad, quería que la historia fuera real para poder escribir el artículo y darle un empujón a su carrera. Quería que todo aquello fuera real para dejar de escribir sobre vestidos y pasar a las noticias de verdad. No le había importado en absoluto que pudiera arruinar las vidas de dos hombres inocentes o llevar a la quiebra un negocio, y a un periódico también, por sus errores. Había necesitado ser la autora de aquella exclusiva.

¿Cómo podía haber sido tan estúpida? ¿Tan ingenua y tan ansiosa como para tener la información necesaria que había pasado por alto ciertas cosas? Su objetivo había sido escribir el artículo y no desilusionar a Malcolm. Había sido tan estúpida.

La historia en la que tanto había trabajado estaba muerta. Malcolm le había dicho que no era culpa suya, que Candace, la periodista con más experiencia que él había puesto en el caso para que trabajara con Desi, había pasado por alto las mismas cosas que ella.

Todo ello significaba que volvía a las páginas de sociedad, al menos durante un tiempo. Malcolm le había asegurado que su trabajo no estaba en la cuerda floja, pero con una metedura de pata de tal magnitud, ¿cómo no iba a estarlo?

Todo lo ocurrido era culpa suya. Malcolm la estaba ayudando a enmendarlo en el ámbito profesional, pero, por Nic y por su hijo, tenía que tratar de arreglarlo también en lo que se refería a lo personal.

Eso significaba que tendría que llamarlo, explicarle la situación y rebajarse. Cerró los ojos y bajó la cabeza.

Desi lo pensó durante cinco minutos y luego hizo lo que tenía que hacer. Se armó de valor y llamó a Nic.

Capítulo Diez

Nic la llevó a uno de sus restaurantes favoritos en Los Ángeles, una pequeña *trattoria* en el corazón de Beverly Hills. Le gustaba porque la comida era estupenda y el hermano del dueño llevaba años trabajando para Bijoux. Sin embargo, en el momento en el que entraron en el comedor, comprendió que se había equivocado de sitio.

Aunque Desi no decía nada, resultaba evidente que se encontraba incómoda. Cuando le preguntó si se sentiría más cómoda en otro restaurante de la misma calle, Desi se limitó a encogerse de hombros.

—Aquí estamos bien —dijo.

—¿Estás segura? Si no te gusta la comida italiana…

—A todo el mundo le gusta la comida italiana —respondió ella con una cierta exasperación—. Ese no es el problema.

—Entonces, ¿de qué se trata?

—Este lugar es muy caro.

—No te preocupes por eso. Yo te he traído aquí…

—No quiero tu dinero. Esa no es la razón por la que te he llamado y ciertamente tampoco es la razón por la que voy a tener este bebé. Quiero decirlo de antemano y necesito que me creas. No es necesario que me lleves a restaurantes tan caros como este ni que te gastes mucho dinero en mí.

–Créeme si te digo que sé que no quieres mi dinero, Desi. Si no, no habrías escrito un artículo que me hubiera costado muchos millones de dólares.

Desi se sonrojó y, por primera vez desde que se sentaron, se negó a mirarle a los ojos.

–Sé que ya lo he dicho, pero lo siento mucho. No quería hacerte daño a ti personalmente. Simplemente creí a la persona equivocada y…

Desi dejó la frase sin terminar y agachó la cabeza.

–Mira, ¿por qué no volvemos a empezar? –le sugirió él mientras estiraba un brazo para colocar la mano encima de la de Desi.

–¿Volver a empezar? Estoy embarazada de casi cinco meses. Creo que es un poco tarde para volver a empezar.

Nic se echó a reír.

–No me refería a volver a empezar como si no nos conociéramos de nada, sino que hagamos borrón y cuenta nueva. Dejar en el pasado lo que ya pertenece al pasado y empezar donde estamos ahora sin dejarnos influir por los hechos negativos que han ocurrido entre nosotros.

–¿Quieres que nos olvidemos de todo?

–¿Por qué no?

–¿Crees que podremos hacerlo?

–¿Acaso tú no lo crees?

Desi se echó a reír.

–No me puedo creer que hayamos vuelto a esto. A responder las preguntas del otro con más preguntas.

–Eh, pues yo he hecho la primera. Tú simplemente has ido añadiendo una pregunta tras otra.

–Estoy segura de que no ha sido así como ha ocurrido –le dijo mirándole con escepticismo–. Sin embargo, en esta ocasión, estoy dispuesta a aceptar la culpa como ofrenda de paz.

Nic sintió que, por primera vez en muchos días, empezaba a relajarse de verdad. Desi estaba a su lado, estaban charlando sin discutir y esperaba que pronto, esa situación llevara a una verdadera comunicación. Además, su empresa estaba a salvo. En aquellos momentos, ¿qué otra cosa podía pedir?

Después de pedirle al camarero lo que iban a tomar, *picatta* de pollo para él y pasta de cabello de ángel para ella, los dos estuvieron charlando sobre temas sin importancia: sobre Los Ángeles, sobre el tiempo, sobre música… Sin embargo, a medida que fue avanzando la comida, Nic fue sintiéndose cada vez más frustrado, no porque le importara hablar con Desi sobre ese tipo de temas, sino porque deseaba hablar del tema más importante que había entre ambos en aquellos momentos: su hijo y sobre cómo iban a organizar sus vidas para él.

Desi pareció sentir el estado de ánimo de Nic, porque dejó de hablar de repente y lo miró fijamente. A Nic no le gustó la aprensión que vio en sus ojos ni la tensión que presentía en su cuerpo. Se había pasado toda la vida encandilando a las mujeres. Lo último que quería para la madre de su hijo era que tuviera miedo de él.

Extendió la mano y comenzó a acariciarle el cabello. Ella se sobresaltó, pero Nic no apartó la mano, sino que deslizó un dedo por la suave curva de su mejilla.

Desi entrecerró los ojos y se apoyó ligeramente sobre la mano. Todo resultó tan fácil que el fuego que había ardido tan apasionadamente entre ambos la noche que se conocieron volvió a prenderse.

Habían pasado dieciocho semanas desde la última vez que la tuvo entre sus brazos, desde que la besó delicadamente en los hombros y en la suave curva de la espalda. Sin embargo, no había olvidado el tacto de su piel ni el abrazo de su cuerpo. Aún recordaba el modo en el que gemía de placer cuando se deslizó dentro de ella y el modo en el que le arañó la espalda cuando alcanzó el clímax.

–Deja que te lleve a tu casa –le dijo con voz ronca de un deseo que no era capaz de ocultar–. Deja que te haga sentir bien.

Desi abrió los ojos al escuchar aquellas palabras y sintió el mismo deseo. Apartó la mano.

–Lo siento… Lo he estropeado todo.

Así era, pero Nic no iba a culparla por ello, porque él también había cometido muchos errores. Había borrado su número de teléfono y no había escuchado con diligencia el que seguramente era el mensaje de voz más importante de su vida.

–Por eso vamos a volver a empezar. No habrá nada de lo que arrepentirse…

–Mira, sé que quieres hablar del bebé, pero no estoy segura de lo que decir al respecto aún. Me he pasado los últimos tres meses pensando en que voy a afrontar esta situación sola y ahora tú estás aquí y quieres estar implicado. Es estupendo, pero necesito tiempo para acostumbrarme.

–Lo entiendo. De verdad. Y tenemos tiempo para que así sea. Sin embargo, quiero que sepas que ya no estás sola en esto.

–Lo sé.

–No solo quiero formar parte de la vida del bebé

cuando nazca, sino que quiero empezar ahora mismo. Quiero estar a tu lado para ayudarte.

–Me parece bien.

–¿De verdad?

–No tienes por qué mostrarte tan sorprendido –dijo ella con una carcajada.

–No lo estoy. Es que… Me porté muy mal con el bebé antes y lo siento mucho. No quiero que pienses que esto es una parte de lo que ocurrió, porque no es así.

–Tú eres el que ha sugerido lo de borrón y cuenta nueva. Supongo que eso tiene funcionar para todo, ¿no?

–Sí, supongo que sí.

Desi asintió y luego respiró profundamente para dejar escapar después el aire muy lentamente.

–¿Quieres formar parte del embarazo?

–Por supuesto –dijo. Pensó en lo que le había ocurrido en el parque, en el padre y en el hijo que había visto allí disfrutando. Él también quería eso más de lo que nunca hubiera creído posible, e iba a hacer lo que tuviera que hacer para tenerlo.

–Está bien. Tengo una cita con el médico la semana que viene. Si quieres, puedes acompañarme.

–Claro que quiero, pero también quiero mucho más que eso.

–¿Más? –le preguntó ella. Parecía confusa–. En estos momentos se trata de más o menos eso. Cuando esté más cerca del parto, tendré una cita cada dos semanas. Debería advertirte de que no son muy emocionantes, ¿sabes? Análisis de orina, escuchar el corazón del bebé… Eso es la mejor parte. Algunas veces, análisis de sangre. Eso es todo.

–Pues a mí me parece estupendo.

—Eso es porque no es a ti a quién le pinchan las agujas.

—Bueno, gracias a Dios. Yo siempre lloro.

—¿Sabes una cosa? Puedo verlo en ti —bromeó ella riendo—. Tienes ese aspecto.

—¿Parezco un llorón?

—Pareces… sensible.

Aquel comentario hizo que Nic soltara una carcajada.

—Bueno, tengo que decir que es la primera vez que alguien me dice algo así.

—Eso es porque mantienes tu lado sensible oculto detrás de todo ese encanto.

Desi lo dijo bromeando, pero, una vez más, había algo en sus ojos que le decía que ella veía más de lo que Nic deseaba. Toda su vida había sido el bromista, el tipo alegre que contrarrestaba la intensidad de Marc. Había sido el que diluía el mal genio de su padre cuando las cosas empezaban a ir mal y el que se interponía entre Marc y él cuando las cosas iban mal. Y todo lo hacía con una sonrisa.

Se había pasado años perfeccionando aquella imagen, hasta que todo el mundo había terminado por creer que así era él efectivamente. Incluso él mismo lo creía. El hecho de que Desi pudiera ver a través de esa máscara, que viera lo que nadie más se había molestado en ver, le turbó profundamente.

Aquello fue la excusa perfecta para lo que ocurrió a continuación.

Desde el instante del parque, había decidido lo que quería y había hecho todo lo necesario para que llegara aquel momento. Todo lo que había hecho desde entonces había tenido como objetivo conseguir que Desi confiara en él y que se dejara llevar por sus sugerencias. Incluso había elaborado un plan sobre cómo conseguirlo.

Sin embargo, allí sentado, pensando aún en lo que debería haber sido un simple comentario sin serlo, soltó lo primero que se le ocurrió:

—Quiero que te mudes a mi casa —le dijo directamente, sin preocuparse de suavizar el golpe.

—¿Que me mude a tu casa? —le preguntó ella mirándolo como si estuviera loco—. No puedes estar hablando en serio.

—Totalmente en serio.

—No puede ser…

Esperó a que el camarero les dejara el postre que iban a compartir y se hubiera marchado de nuevo para volver a hablar.

—Claro que hablo en serio.

Tomó un poco del pastel de queso y se lo ofreció a Desi. Ella se limitó a mirarlo sin realizar movimiento alguno.

—Puede que sea así —dijo por fin mientras se inclinaba para probar el postre—, pero no debería serlo. Ni siquiera nos conocemos.

Se había manchado el labio superior con un poco de crema. No había nada que Nic deseara más que inclinarse hacia ella para lamérselo. Lo único que se lo impidió fue que aquel gesto no le ganaría puntos ni le ayudaría a convencerla de que no estaba buscando una compañera de piso con derecho a roce.

—Sin embargo, tiene sentido. ¿Y si ocurre algo y me necesitas?

–No sabía que eras médico.

–No me refería a eso.

–No, pero, si te necesito, puedo llamarte por teléfono. Para eso están. Siempre y cuando, por supuesto, contestes en esta ocasión.

Lo dijo en tono de broma, pero con cierto retintín que Nic habría sido un idiota de no captar.

–De eso se trata exactamente. Si estuviéramos viviendo juntos, no tendrías que llamarme. Simplemente estaría a tu lado.

Desi suspiró.

–Mira, Nic. Sé que todo este asunto del bebé te ha puesto el mundo patas arriba. Créeme que lo entiendo. Yo hace meses que lo sé, y aún sigue asustándome. Sin embargo, eso no significa que tengamos que hacer una locura. Comprendo que esta sea la primera reacción que se te ocurre tener pero, ¿por qué no te tomas unos días y te lo piensas todo bien? Así, estarás seguro de implicarte en lo que verdaderamente deseas…

–Esto es lo que deseo. No soy la clase de hombre que huye de sus responsabilidades, Desi.

–Ahora estás tergiversando mis palabras. Por supuesto que quiero que formes parte de su vida…

–Escúchame un instante, ¿de acuerdo? –le ordenó ella mientras le tomaba las manos entre las suyas–. Tienes que pensar en esto seriamente antes de precipitarte porque, si deseas dejarlo, es mejor que lo hagas ahora que dentro de cuatro meses o cuatro años, cuando te des cuenta de que no es esto lo que deseas.

–¿Por qué estás tan segura de que voy a querer marcharme?

–¿Y por qué estás tan seguro de que vaya a ser así?

–Volvemos a lo de las preguntas… –dijo él con frustración.

–Es cierto –admitió ella con una ligera sonrisa–. Sin embargo, son preguntas importantes. Y no has respondido la mía.

–Tú tampoco –afirmó él mirándola a los ojos.

Desi parpadeó y miró hacia la ventana.

–Simplemente creo que tienes que pensarlo todo bien.

–Ya lo he pensado.

–¿Durante unas horas?

–Algunas veces unas horas es lo único que un hombre necesita.

Desi hizo un gesto de desesperación con los ojos.

–Creo que te estás comportando de un modo totalmente irracional.

Ella levantó ligeramente la voz en las últimas palabras, lo que indicó a Nic con claridad que ella estaba bastante disgustada por aquella conversación. Fingía diversión y exasperación a la vez, pero Nic estaba seguro de que había algo más.

El miedo le empujó a detenerse y a estudiarla para tratar de averiguar de qué se trataba. No tuvo suerte, lo que le resultó muy frustrante. Sin embargo, en cierto modo, tenía que admitir que ella tenía razón. No se conocían y, hasta que lo hicieran, él no sabría cómo tratarla.

Aquello le parecía razón de más para seguir juntos hacia delante. No había nada que rompiera mejor las barreras que una intimidad forzada. Sin embargo, su instinto le decía que era mejor que no se lo dijera a Desi, porque podría ahuyentarla del todo.

–¿Qué hace falta para que accedas a mudarte conmigo? –le preguntó, cuando el silencio entre ellos comenzó a rayar en lo insoportable.

–Nada –respondió ella–, porque no va a ocurrir. Más allá de todas las razones por las que dos personas que no se conocen no deberían vivir juntas, está también la logística. Tú vives y trabajas en San Diego. Yo vivo y trabajo en Los Ángeles. No pienso pasarme tres horas conduciendo para ir de casa al trabajo y del trabajo a casa todos los días.

–Si esa es tu principal objeción, olvídala. Puedo arreglarla fácilmente.

–¿Cómo? Ni siquiera todo tu dinero puede hacer que el tráfico de Los Ángeles sea mejor en las horas punta.

–Tal vez no, pero hay otras maneras para ir a trabajar que no sea en un coche.

–¿Cuál?

–Un helicóptero, por ejemplo –dijo mientras se tomaba el vaso de agua de un único trago–. Problema resuelto.

–Sí, pero yo no tengo helicóptero.

–Tal vez no, pero yo tengo tres.

–Mira… –dijo ella retirándose la servilleta del regazo y arrojándola sobre la mesa–. Hemos terminado de hablar de esto. Voy al cuarto de baño y, cuando regrese, empezaremos un nuevo tema de conversación porque, si no es así, me marcho. Y te prometo que ni al bebé ni a mí nos gustará tener que buscar una parada de autobús en Beverly Hills.

Capítulo Once

Cuando Desi regresó del cuarto de baño, donde había estado más de lo necesario, Nic había pagado la cuenta y estaba esperando para acompañarla al coche. Sin embargo, no había elegido un nuevo tema de conversación. Se había limitado a darle un giro al último.

–Creo que he encontrado la solución –anunció mientras se ponía al volante de un coche que costaba mucho más de lo que ella ganaba en un año.

–No sabía que tuviéramos un problema –replicó ella secamente.

Nic ignoró por completo aquel comentario.

–Si tú no quieres venirte a vivir conmigo, yo me iré a vivir contigo.

Desi soltó una carcajada. La idea de que un multimillonario se fuera a vivir a un pequeño apartamento resultaba cómica, especialmente considerando que seguramente su vestidor era más grande que todo el apartamento de Desi.

–No veo qué es lo que te resulta tan divertido –comentó él molesto.

–¿De verdad?

Desi pensó en aclararle conceptos, pero la verdad era que podría haber encontrado la solución perfecta para quitarle las ganas de implicarse en su vida. En su apartamento no duraría ni un día… ¿Por qué no dejar que se mudara con ella? La primera vez que no hubiera agua caliente o aire acondicionado, se largaría. Los multimillonarios de cuna no sabían bien cómo amoldarse a ciertas situaciones. No era que ella hubiera conocido a muchos, o a más de uno para ser exactos, pero estaba segura de que aquella era la norma.

–Está bien –dijo–. Puedes mudarte a mi casa.

–¿En serio? –le preguntó mirándola brevemente antes de centrar de nuevo los ojos en la carretera.

–Claro. Si tú estás dispuesto a mudarte a mi casa, que te advierto es bastante pequeña, ¿quién soy yo para decirte que no lo hagas? Sin embargo, necesitamos establecer algunas reglas si lo vas a hacer.

–¿Reglas? –le preguntó él bastante perplejo.

–Sí. Como a qué hora utiliza el baño cada uno o quién hace qué tareas y nada de sexo. Ya sabes, lo habitual.

Nic había empezado a fruncir el ceño. Desi tuvo que contener la risa. Estaba mal que ella estuviera disfrutando de aquella manera, pero no lo podía evitar. Después de toda la tensión del día, tomarle el pelo a Nic era un verdadero alivio.

–¿Tienes algún problema con esas reglas? –le preguntó cuando estuvo segura de que no iba a soltar la carcajada. Lo último que quería era que él se percatara de lo absoluta y completamente que esperaba que fracasara todo aquello.

–Bueno, tú puedes utilizar el baño cuando desees. Por otra parte, contrataré a alguien para que se haga cargo de la limpieza y del resto de las tareas. Sin embargo, lo de nada de sexo… Esa regla no me parece bien.

–Oh –dijo ella tratando de sonar tan inocente como le era posible–. Pues, para mí, es fundamental para que podamos llegar a un acuerdo.

–Pero si ya hemos tenido relaciones sexuales y estás embarazada… No entiendo a qué se debe lo de la abstención.

–Se debe a lo que te dije en el restaurante. No te conozco y, aparte de esa noche contigo, no tengo por costumbre acostarme con hombres a los que no conozco, Así que sí, si no aceptas eso por mi parte no hay trato.

–¿Soy el único hombre con el que has tenido una aventura de una noche?

–¿Y eso es lo único de lo que te has enterado de todo lo que te he dicho? –le preguntó ella, riendo–. ¿Que eres el único?

–No. Lo he escuchado todo, pero eso ha sido lo que más me ha interesado.

–Por supuesto que sí. Eres esa clase de hombre.

Nic la miró con aire de diversión.

–Jamás afirmé ser otra cosa, nena.

–No me llames así –le espetó ella inmediatamente. Aquella respuesta surgió de un recuerdo en el que no había pensado en años.

–¿El qué? ¿Nena?

–Sí, eso. No me lo vuelvas a llamar.

–Claro –afirmó él–. Lo siento. No quería disgustarte.

–No me has disgustado –le contradijo ella.

Nic no respondió, pero el silencio lo decía todo. Sabía que ella estaba mintiendo, sabía que su reacción ante aquella palabra había sido fuerte e inmediata.

La incomodidad que ambos sentían tardó unos minutos en desaparecer, pero Nic tuvo que romper el silencio para pedirle que le indicara cómo llegar a su apartamento.

Ella lo hizo de una manera ligera y relajada y, poco a poco, la tensión fue desapareciendo. Al menos, hasta que él aparcó el coche y comenzó a subir tras ella hacia el apartamento.

–¿Hay ascensor? –le preguntó él cuando empezaron a subir el tercer tramo.

–No.

–Eso va a ser un problema para tus dos últimos meses de embarazo, ¿no te parece?

–Ya se lo he preguntado al médico y me ha dicho que no debería ser un problema. El ejercicio es bueno para el bebé y para mí. Sí que me advirtió que, si me hacían una cesárea, no se me permitiría subir y bajar las primeras semanas, pero en estos momentos no hay nada que indique que no vaya a tener un parto normal.

–Entonces, podría haber indicios de que alguien podría necesitar una cesárea.

–Sí, pero yo no tengo ninguno. Relájate –le dijo ella agarrándole de la mano y apretándosela cariñosamente cuando por fin llegaron a la planta–. Todo va bien hasta ahora. Es un embarazo aburrido, lo que es bueno, según mi doctora.

Nic no parecía del todo convencido, pero le soltó la mano para que ella pudiera abrir.

–¿Vas a entrar? –le preguntó ella mientras entraba en el minúsculo recibidor.

–¿Quieres que lo haga? –replicó él–. Pareces bastante cansada.

Era cierto. El día había sido como una montaña rusa de emociones para ella y Desi se sentía como si hubiera corrido un maratón. Sin embargo, Nic y ella tenían muchas cosas de qué hablar y, de hecho, para sus propósitos, a ella le convenía que él viera su apartamento.

–No pasa nada –le dijo mientras se hacía a un lado para que él pudiera pasar.

Sin embargo, Nic debió notar el cansancio que ella tenía en el rostro, porque negó con la cabeza.

–Creo que es mejor que me marche para que puedas descansar –dijo. Entonces, volvió a sacarse el teléfono del bolsillo–. ¿Me puedes dar de nuevo tu número de teléfono? Te prometo que esta vez no lo borraré.

–Supongo que tendremos que esperar a ver qué pasa –dijo ella.

Lo había dicho en broma, pero Nic la miró con el rostro muy serio.

–No me voy a ir a ninguna parte, Desi.

Sí. Eso era lo que decían siempre los hombres y, de algún modo, para ella nunca había sido así. Todos ellos habían tenido siempre una buena razón para marcharse, pero los resultados eran siempre los mismos. Desi se quedaba sola, tratando de recoger los trozos de un corazón roto por demasiadas personas en demasiadas ocasiones.

Sin embargo, eso se había terminado. Le dio el número de teléfono a Nic mientras pensaba que no volvería a abrirse con nadie para luego ver cómo se marchaba esa persona. Le daría a Nic una oportunidad, le dejaría formar parte de la vida de su hijo, pero nada más. No iba a depender de él. No iba a permitir que él le hiciera daño cuando decidiera por fin que había llegado el momento de marcharse.

Había tardado ocho semanas en borrarla de su teléfono cuando ella no respondió a sus mensajes. Cuando el bebé naciera y empezaran los momentos difíciles, ¿cuánto tiempo tardaría en abandonarlos a ambos? Se apostaba que no demasiado.

–Ve a dormir un poco –le aconsejó él después de guardar el número–. Te llamaré mañana y hablaremos sobre mi mudanza. Quiero hacerlo enseguida.

–¿Cuándo?

–Este próximo fin de semana, si te parece bien. Lo haría antes, pero sé que tienes trabajo y lo último que quiero es causarte problemas en el periódico.

–Sí, bueno, creo que los problemas ya han salido a la superficie hoy –susurró, encogiéndose ante el dolor que la culpabilidad le provocaba. Habían estado a punto de arruinar a Nic y a su hermano y, sin embargo, allí estaba él, diciéndole que no quería molestarla en su trabajo. Si las cosas hubieran sido al revés, ella probablemente estaría pidiendo su cabeza en una bandeja de plata–. Lo siento… Sé que no basta con disculparme cuando mi falta de atención ha estado a punto de costaros a ti y a tu familia todo lo que tenéis, pero no sé qué más decir.

–Borrón y cuenta nueva. ¿Te acuerdas? –le preguntó él antes de darle un beso en la frente–. Vamos a volver a empezar.

¿Sería eso cierto? Aquel beso delicado y platónico de algún modo había conseguido provocarle un temblor por todo el cuerpo. Tal y como ella lo veía, iban a volver a empezar donde lo habían dejado dieciocho semanas atrás.

La idea resultaba alarmante, considerando el lugar tan pequeño en el que iban a vivir y la regla de nada de sexo que deseaba hacer cumplir. Sabía que, si le permitía volver a meterse en su cama, librarse de él sería mucho más difícil. Después de todo, ¿cómo descubrirían lo incompatibles que eran en la vida real si no se levantaban nunca de la cama?

Ella estaba convencida plenamente, pero su cuerpo no parecía pensar lo mismo. Anhelaba sentir las firmes manos sobre su piel. Notó que los ojos de Nic se oscurecían cuando ella lo miró. Se volvieron de un color verde oscuro, como el furioso Atlántico. Si él la besaba en aquel instante, si la tocaba, Desi no estaba segura de tener la fuerza de voluntad necesaria para rechazarlo.

Al final, Nic no hizo ninguna de las dos cosas. Dio un paso atrás y le dedicó una dulce sonrisa.

—Ve a dormir… Te llamaré por la mañana y solucionaremos todos los detalles referentes a mi mudanza. Entonces, los dos nos sentiremos mejor.

—Sí —dijo ella, sin estar tan segura de lo que Nic decía como él parecía—. Ya hablaremos mañana.

Permanecieron allí varios segundos. Ninguno de los dos daba el paso para romper aquella nueva y tenue conexión. Entonces, a pesar de sus mejores intenciones, Desi sintió deseos de suavizar su actitud hacia él. Se preguntó si él se quedaría para siempre… Solo por el bebé, por supuesto, no por ella.

Por eso, encontró la fuerza de voluntad para dar un paso atrás y desearle buenas noches. De algún modo, incluso consiguió cerrarle la puerta al hermoso y dulce rostro de Nic.

***

El domingo, Desi aún no había podido superar aquel momento de debilidad. De hecho, se había pasado gran parte de la semana recriminándosela porque se sentía cada vez más bajo el embrujo del encanto de Nic a cada día que pasaba.

La llamaba dos veces al día para ver cómo estaba. Todas las mañanas le hacía enviar una cesta de fruta fresca y una cena saludable todas las noches. Incluso había ido un día a verla a San Diego para almorzar con ella y ver cómo estaba. No había dicho nada en contra de las ridículas reglas en las que ella insistía para que pudieran vivir juntos. Sin embargo, no estaba dispuesta a dejarse absorber por la espiral de necesidad, deseo y apego emocional. De ninguna manera.

Por eso, el domingo por la mañana, hizo que su amiga Serena y su corpulento novio le llevaran el sofá que su amiga tenía en su casa. Era enorme y feo, del tono rosado más feo que Desi había visto en toda su vida. También tenía una forma curvada y era duro como una piedra. Sería una tortura para Nic cuando se dispusiera a dormir en él. Una noche bastaría para que su espalda no volviera a ser la misma.

En otro momento, se habría sentido muy mal por hacer algo así, pero los tiempos desesperados requerían medidas desesperadas. Él iba a mudarse unas horas después y, con el revuelo emocional que le provocaban las hormonas, Desi no estaba segura de que no fuera a enamorarse de él.

Por eso, le había suplicado a Serena que le prestara el sofá a cambio de doscientos dólares y un día entero en un spa, pero, en aquellos momentos, le parecía un precio muy pequeño por conseguir que Nic se marchara.

Cuando Nic se presentó por fin con dos maletas y su bolsa para el portátil, Desi se sentía muy nerviosa. No había hecho nada más que esperarle toda la mañana. Nic ya se había encargado de contratarle un servicio de limpieza que se ocuparía de las tareas domésticas en lo sucesivo para que ella no tuviera nada que hacer.

–He vaciado la mitad del armario para que puedas meter tus cosas –le dijo mientras él entraba en el apartamento–. He pensado que podrías utilizar ese baúl para las cosas que no tengas que colgar –añadió, señalando el mueble que había comprado de segunda mano al terminar la universidad y que ella había pintado de un color amarillo chillón que le encantaba y que, por suerte, no pegaba en absoluto con el horrible rosa del sofá de su amiga.

Normalmente, utilizaba el baúl para guardar sus libros, pero, por el momento, estos estaban en una caja debajo de la cama. Si jugaba bien sus cartas, volverían a estar en su sitio el miércoles. Tal vez incluso antes.

–Gracias –repuso él con una sonrisa demasiado sexy–. Te lo agradezco mucho.

Un ligero sentimiento de culpabilidad se apoderó de ella, pero lo apartó inmediatamente. Tenía que deshacerse de Nic. Cuanto antes.

–¿Necesitas ayuda para deshacer la maleta? –le preguntó ella tomando una de las maletas.

–Ya me ocupo yo –replicó él quitándosela–. ¿Por qué no te sientas y descansas? Luego te invito a almorzar.

–Estoy embarazada, Nic, pero no soy una inválida.

–Cierto, pero yo no estoy embarazado y tampoco soy un inválido. Te gano –añadió. Entonces, señaló el monstruoso sofá rosa–. Siéntate.

¿Por qué no se había parado a pensar que ella también tendría que sentarse en aquel sofá?

—Prefiero los taburetes de la cocina —contestó, señalando los tres taburetes que alineaban el mostrador que separaba la cocina del salón.

Cuando se dio la vuelta, le pareció que él murmuraba algo, como «estoy seguro» o algo así, pero al volverse a mirarlo, él le estaba dedicando una inocente sonrisa.

Sacó su portátil y se acomodó frente a la encimera para terminar un artículo sobre un baile benéfico en el zoo de Los Ángeles al que había tenido que asistir la noche anterior. En realidad, lo tenía ya escrito y tan solo tenía que darle los últimos toques. Esperaba que el hecho de entregarlo antes de lo debido le ganara puntos con Malcolm. En realidad, su jefe no la trataba de un modo diferente, pero Desi no podía evitar pensar que era persona *non grata* en la redacción. Stephanie le había asegurado que no era así y que todos los reporteros cometían esa clase de errores en alguna ocasión. Tal vez era cierto, pero hacerlo en el primer trabajo de importancia… Cuando le hizo esa afirmación, Stephanie tuvo que marcharse rápidamente a hacer una llamada.

Había escrito el artículo antes de que Nic llegara porque había pensado que no se podría concentrar con él. Sin embargo, mientras deshacía su maleta, hacía tan poco ruido como un hombre de metro noventa podía hacer. No la interrumpió en ningún momento. Hizo lo que tenía que hacer y dejó que ella hiciera lo suyo. Si Desi hubiera tenido más autocontrol y hubiera dejado de mirarle de soslayo cada dos por tres, probablemente habría terminado de repasar su artículo mucho más rápido.

Terminaron sus tareas al mismo tiempo. Nic insistió en invitarla a almorzar para celebrar la mudanza. Después de comer, fueron a dar un paseo por Griffin Park. Había mucha gente, dado que era domingo, pero resultó muy divertido.

Desi se había pasado gran parte de su vida sola, por circunstancias cuando era joven y por elección después de alcanzar la edad adulta, por lo que no se le había ocurrido que pudiera resultar divertido hacer cosas con otra persona.

Cuando por fin regresaron al apartamento y Desi vio lo que se le había pasado por alto antes, tres libros sobre el embarazo que, a juzgar por los marcapáginas, Nic estaba leyendo, comprendió que estaba metida en un buen lío.

Por primera vez desde que decidió permitir que Nic se mudara con ella, no estaba pensando en librarse de él, sino en cómo conseguir que se quedara.

Capítulo Doce

El lunes por la mañana, Nic acababa de terminar de afeitarse cuando Desi lo llamó desde la cocina.

–¡Nic! ¡Ven aquí! ¡Date prisa!

La urgencia del tono de su voz le provocó tal pánico que salió corriendo del cuarto de baño y del dormitorio sin ni siquiera agarrar una camisa.

–¿Te encuentras bien?

Llegó a la cocina antes de que ella pudiera responder. Miró a su alrededor buscando un motivo de alarma, pero no vio nada. Desi estaba apoyada contra la encimera con la mano en el vientre y una sonrisa en los labios.

–¡Me está dando patadas!

Tardó unos instantes en registrar aquel comentario. Cuando por fin lo hizo, le miró el vientre.

Se apartó la ropa con una mano y con la otra agarró la de Nic. Entonces, se la colocó sobre el vientre desnudo.

Durante un largo instante, Nic no sintió nada, pero, a instancias de Desi, esperó un poco más. De repente, ahí estaba. Una suave patada contra la palma de su mano.

–¡Me ha dado una patada! –exclamó encantado.

–En realidad, creo que la patada me la ha dado a mí. Lo tuyo es simplemente un daño colateral.

–No escuches a tu madre –le dijo Nic al bebé mientras se ponía de rodillas frente a Desi y apoyaba la boca suavemente en el redondeado vientre–. Es una gruñona porque ya no le permiten tomar café por las mañanas.

–¡Eh! No le digas al bebé que soy una gruñona –protestó Desi mientras le golpeaba suavemente en el hombro–. Si no, no te avisaré la próxima vez que me dé una patada.

–¿Ves? Ya te he dicho que es una gruñona. Y mala también –susurró mientras acariciaba suavemente el redondeado vientre.

–Tú también lo serías si tuvieras que pasar el mono de la cafeína.

–Sin duda… –admitió mientras el bebé le golpeaba la mano por segunda vez–. ¡Ves! Me ha golpeado la mano. Ya te dije que me estaba dando las patadas a mí.

–No te ofendas, pero tu mano prácticamente me cubre todo el vientre en estos momentos.

Nic no supo por qué, pero, de repente, el bebé pasó a un segundo plano. Fue plenamente consciente de que estaba de rodillas frente a Desi, con la mano apoyada sobre el vientre desnudo de ella y con la boca a escasos centímetro de su sexo.

Al darse cuenta, no se pudo resistir a la tentación de inclinarse hacia ella y aspirar. Desi se tensó y él se quedó completamente inmóvil, a punto de disculparse. Sin embargo, ella no le apartó, sino que le colocó las manos sobre los hombros y luego, muy lentamente, le enredó los dedos en el cabello.

El deseo se apoderó de él al notar el contacto de aquellas manos. Se inclinó un poco más hacia delante, hasta que no quedó más espacio entre el vientre de ella y sus labios.

Desi gruñó al notar la boca de Nic sobre la piel, pero tampoco se apartó. Al contrario, se acercó más a él y se arqueó contra sus labios. En los libros que estaba leyendo sobre el embarazo, hablaban de que las hormonas de las mujeres enloquecían, y que eso se traducía en ocasiones en un aumento de la libido. Si eso era lo que le estaba ocurriendo a Desi, no quería aprovecharse de ella, aunque su propio cuerpo anhelaba tocarla, besarla y hundirse el ella.

Al mismo tiempo, tampoco deseaba dejarla así. Notaba que estaba excitada porque se movía sensualmente contra él, y gemía suavemente.

—Deja que haga que te sientas bien —susurró mientras le deslizaba los labios por el vientre—. Solo eso. Nada más

—Sí… por favor, Nic… Necesito…

Nic le tapó la boca con una mano, no porque no quisiera escuchar las palabras de deseo que pronunciaba, sino porque acrecentaban su propia excitación. Por mucho que deseara hacerle el amor en aquellos momentos, las reglas que ella le había impuesto seguían presentes en su pensamiento. No le importaba infringirlas un poco, pero, hasta que ella le dijera lo contrario, el sexo estaba vedado para él. Al menos, tendría la satisfacción de ver cómo Desi alcanzaba el clímax. Era tan hermosa cuando sentía un orgasmo…

Con ese pensamiento en mente, fue depositando ligeros besos sobre su abdomen. Cuando la camiseta le impidió progresar, se la quitó. Allí estaba ella, completamente desnuda para él, con su dorada piel y los rotundos senos. Los oscuros pezones asomaban delicadamente entre los mechones de cabello rubio.

—Eres tan hermosa, Desi…

Ella lo miraba mordiéndose el labio inferior. Se sonrojó al escuchar aquellas palabras de tal manera que bajó la mirada.

—No te escondas de mí —murmuró mientras le mordía suavemente uno de los pechos.

Desi gimió de placer. La mirada se le había nublado por el deseo hasta el punto de que Nic estuvo a punto de perder el control y hacer que se diera la vuelta para poseerla contra la encimera de la cocina como había soñado tantas veces en los últimos cinco meses. Sin embargo, eso no era lo que ella necesitaba en aquellos momentos, por lo que Nic aplacó a la bestia que se había despertado en él y se concentró exclusivamente en ella.

Al estar desnuda, los cambios en su cuerpo eran más evidentes. Vientre redondeado, senos más grandes, gruesos pezones… A pesar de que su piel seguía dorada por el sol, vio por primera vez las azuladas venas bajo la delicada piel de los senos. Les daban un aspecto tan frágil, tan delicado, que Nic se obligó a ser muy cuidadoso mientras se los acariciaba.

—¿Te duelen? —le preguntó antes de trazar con la lengua la parte superior—. Los libros dicen…

—No mucho. Un poco sensibles, pero si tienes cuidado…

Desi exhaló de placer cuando él comenzó a lamerle cada vez más cerca del pezón. Delicados movimientos que tenían como objetivo aliviar e inflamar a la vez su deseo. Se tomó su tiempo, fue reaprendiendo su cuerpo poco a poco después de los largos meses sin ella. Lamió y chupó, aprendiendo cada centímetro de su piel una vez más.

Desi tardó solo un par de minutos en aferrarse a él con fuerza, tirándole de los hombros y del cabello.

–Nic, por favor… –susurró, temblando contra él, arqueándose para provocarle y conseguir que él le diera lo que estaba buscando.

Él se rio y apartó la boca, aunque la dejó lo suficientemente cerca para que Desi pudiera sentir su aliento en el pezón. Ella gemía desesperadamente, agarrándole la cabeza entre las manos y enredándole los dedos en el cabello para conseguir que él volviera a centrar su atención en el pecho.

–No me tortures…

–Cielo, aún no he empezado –musitó mientras le rodeaba el pezón con lengua para luego succionarlo con fuerza y hacer que ella contuviera la respiración–. ¿Demasiado fuerte?

–¡No! Por favor… Estoy tan cerca… estoy… –se interrumpió para quitarse los pantalones del pijama y arrojarlos a un lado–. Tómame. Te lo ruego, Nic. Quiero sentirte…

–Estoy aquí –dijo él mientras iba bajando por el redondeado vientre, marcado el camino con besos.

Los sonidos que ella emitía, las palabras que le decía, lo excitaban de tal modo que le hacían mucho más difícil ser cuidadoso con ella.

Le separó las piernas y ella gritó de placer cuando sintió que Nic le daba un beso justo debajo del ombligo. Entonces, se retiró de nuevo para mirarla.

–Eres tan hermosa, Desi. Tan hermosa… –susurró mientras le acariciaba con un dedo el centro de su feminidad.

Al hacerlo, notó que Desi tenía un tatuaje en la parte interna del muslo que no había estado allí cinco meses antes. Le separó más las piernas para poder verlo mejor.

–Me gusta… Es nuevo…

–Me lo hice en un viaje a San Francisco junto antes de que me enterara de que estaba embarazada.

–Te sienta bien…

Le besó suavemente el tatuaje, lamiéndoselo una y otra vez. Después, se concentró en las caderas y el abdomen, tomándose su tiempo para besarle cada curva y cada peca. A continuación, comenzó a descender poco a poco. No tardó en llegar allí, al centro de su feminidad. Se detuvo y levantó la cabeza. Desi olía maravillosamente, a miel cálida. Durante unos segundos, permaneció allí, tratando de absorber aquel aroma. Aspiraba lentamente, dejando que los pulgares fueran acercándose cada vez más a los húmedos pliegues de su sexo.

Con cada movimiento, Desi temblaba más y más. Con cada presión de los dedos en la cadera, ella gemía de placer. Cuando Nic sopló una bocanada de aire cálido contra ella, Desi comenzó a gritar. Su cuerpo sufría espasmos con el más ligero de los roces.

Nic estaba tan desesperado como ella. La erección que tenía era tan fuerte que se temía que pudiera correrse en los pantalones como un adolescente con su primera chica. Sin embargo, se recordó que en aquellos momentos su labor era darle a Desi todo el placer que su cuerpo pudiera soportar.

Quería saborearla, empujarla más arriba de lo que nunca hubiera llegado y luego hacerla volar. Sabía que no le quedaba mucho tiempo. El cuerpo de Desi parecía desintegrarse entre sus manos y se mostraba tan sensible y receptivo a sus caricias que él gozaba lo mismo que ella.

–Eres increíble –musitó mientras le lamía larga y lentamente el sexo–. Tan sensual, tan hermosa, tan receptiva… Podría…

Dejó de hablar justo en el instante en el que Desi comenzó a gritar de placer. Nic la besó una segunda vez, y después otra más, deteniéndose en cada ocasión en la parte más sensible de su feminidad. Entonces, pronunció el nombre de Nic como si se tratara de una oración y se dejó llevar por el éxtasis. Nic la abrazó con fuerza mientras temblaba de placer, acicateando las llamas de su pasión más y más hasta que gritó de nuevo, aquella vez sin emitir sonido alguno. Cuando su cuerpo se relajó, Nic siguió sujetándola, murmurándole palabras cariñosas y besándole cada parte del cuerpo que era capaz de alcanzar.

Cuando Desi recuperó su estado normal, se sentó en el suelo al lado de Nic y comenzó a desabrocharle el pantalón. Aunque le costó, él la detuvo, colocándole delicadamente la mano encima de las suyas.

–¿Es que no quieres…? –le preguntó. Parecía confundida e incluso algo herida.

–Claro que quiero –respondió él mientras la sentaba sobre su regazo–, pero ahora no. Aún hay demasiadas cosas en el aire entre nosotros.

–No lo comprendo. Pensaba que me deseabas. Pensaba… –susurró mientras apartaba el rostro.

–No hagas eso, cielo. Háblame. ¿Qué es lo que estás pensando?

–No lo sé. Solo que… Yo cree esa regla de que no habría sexo entre nosotros, pero pensaba que era más para ti que para mí. Ahora, soy yo la que se aprovecha de ti y…

Nic se echó a reír.

–Cielo, sabes que puedes aprovecharte de mí siempre que quieras.

–Estoy tratando de hablar en serio…

–Y yo lo estoy siendo. Créeme. Cuando quieras.

Bajó la boca para besarla lenta y delicadamente. Sin embargo, cuando estaba empezando a dejarse llevar de nuevo, escuchó el sonido de la hélice de un helicóptero por encima de sus cabezas. Se apartó de Desi de mala gana y le dio un último beso en la frente antes de colocarla delicadamente sobre el suelo junto a él.

–Tengo que marcharme, cielo. Es mi transporte.

–¿Tu transporte?

–El helicóptero que está a punto de aterrizar en el tejado es para mí.

Desi se quedó boquiabierta y lo miró muy sorprendida.

–No creía que estuvieras hablando en serio.

–¿De verdad? Si te crees que me voy a pasar cinco horas en un atasco todos los días cuando podría estar pasando esas horas contigo y con el bebé, estás muy equivocada.

Después de darle un último beso, se puso de pie, lo que no le resultó fácil después de dolor que tenía tras pasar la noche sobre aquel ridículo sofá.

–Estaré en casa sobre las siete –le dijo después de ponerse una camisa y unos zapatos. Después, agarró su maletón y se dirigió hacia la puerta. Antes, se desvió de nuevo para darle un beso a Desi–. Si voy a llegar tarde, te enviaré un mensaje.

–En realidad, esta noche tengo una fiesta a la que acudir por trabajo, por lo que no estaré aquí cuando regreses.

–¿Una fiesta? ¿Dónde?

–SeaWorld. Es para tratar de salvar los océanos. Muchas estrellas de Hollywood estarán presentes.

–Es una buena causa. ¿Necesitas un acompañante?

–¿En serio me quieres acompañar?

–Bueno, la última fiesta a la que acudí terminó bastante bien, creo. Sí, quiero ir.

Desi se echó a reír.

–Te aseguro que no voy a tener sexo contigo en el balcón del SeaWorld.

–Bueno, se puede soñar. Te enviaré el helicóptero y nos podemos reunir en la fiesta. ¿Te parece bien?

–Soy perfectamente capaz de ir yo sola en mi coche hasta San Diego. Después de todo, fue así como te conocí.

–Yo nunca he dudado de tus capacidades. Simplemente pensé que, si te enviara un coche, los dos podríamos pasar la noche en mi casa y, por la mañana, volveré contigo en helicóptero a Los Ángeles. ¿Te parece bien el plan?

–Sí.

Nic se marchó pensando que, efectivamente, el plan sonaba fenomenal, como el modo en el que estaban organizando sus vidas en aquellos momentos. Todo, a excepción del sofá.

Capítulo Trece

Nic le había enviado una limusina. Una limusina de verdad, larga y negra, con cristales tintados y un chófer trajeado. No se trataba de una limusina de alquiler, no. Aquella limusina pertenecía a Bijoux y estaba a disposición de los hermanos Durand exclusivamente. Lo sabía porque se lo había preguntado al chófer, que había estado encantado de hablar de sus jefes.

Le había dicho maravillas a Desi. Todo el mundo adoraba a Marc y a Nic y ponía la mano en el fuego por los dos. Todo el mundo excepto ella. Era suficiente mujer como para admitir que se había equivocado al confiar en una fuente que no era más que un empleado insatisfecho. Incluso, era lo suficiente mujer como para admitir que le gustaba Nic. Era imposible no hacerlo, considerando lo amable y encantador que era y lo mucho que la estaba apoyando en aquellos momentos.

Sin embargo, eso no significaba que lo amara, ni mucho menos que estuviera a punto de enamorarse de él. Después de todo, apenas lo conocía. Sabía muy pocos detalles sobre él, y casi todos superficiales. Ciertamente, no eran suficientes para hacer que se enamorara de él, cuando se había jurado que eso nunca ocurriría. Ni de él ni de nadie. Nunca.

Nic Durand podía ser todo lo encantador que quisiera, podría hacer un millón de cosas maravillosas por ella y por el hijo que tenían en común, pero seguiría sin importar. Desi se aseguró que no permitiría que nada de eso la apartara de su curso. No se permitiría nunca depender de él. No lo había hecho nunca hasta entonces ni lo haría en el futuro. En el momento en el que empezaba a creer que una persona no la abandonaría porque sentía algo por ella… Ocurría.

Por lo tanto, no. No se enamoraría de Nic. Estaba viviendo con ella, tenían una compatibilidad sexual increíble y estaba esperando un hijo suyo, pero nada más. Ya era más que suficiente. Perseguir algo más terminaría con el sufrimiento de uno de ellos o de los dos.

Aquel pensamiento la deprimió. Nic solo llevaba viviendo con ella veinticuatro horas y llevaba una semana en su vida. Sin embargo, la idea de que él se marchara algún día le molestaba más de lo que quería admitir.

Desi descendió de la limusina y puso su móvil en el modo grabadora, que era lo que siempre hacía para realizar su trabajo, y echó a andar hacia la puerta.

Cuando se registró, entró en el local y miró a su alrededor.

Tomó nota de quién había llegado ya y se dirigió a los acuarios, que le proporcionarían la manera perfecta de empezar su artículo y de proporcionar ambiente a la descripción de la fiesta. A sus lectores solía gustarles aquella manera de trabajar y sentía que, después de la debacle de Bijoux, debía esforzarse al máximo.

Al recordar hasta qué punto había metido la pata, se sonrojó. Se había pasado todo el fin de semana repasando las notas, tratando de ver dónde se había equivocado, pero no había encontrado nada. Todo le había parecido perfecto hasta que le había estallado en la cara. No comprendía cómo había podido cometer un error tan grave.

Mientras estaba mirando un acuario especialmente hermoso, se le ocurrió un pensamiento horrible. ¿Y si en realidad no quería ser reportera? ¿Y si había llegado hasta allí no porque de verdad quisiera dedicarse al periodismo, sino porque había estado desesperada por captar la atención de su padre, por conseguir que él la amara, por convertirse en la persona que creía que él podía querer?

No le había servido de nada, aunque no le sorprendía. Desde el momento de la muerte de su madre, Desi dejó de existir para su padre. La había ido dejando en manos de unos u otros parientes, agotando su hospitalidad mientras él se iba a trabajar a ultramar.

¿Dónde les había llevado todo aquello? A ningún sitio. Su padre estaba muerto y ella estaba en aquella fiesta, tomando notas sobre los ricos y famosos y preguntándose si toda su vida hasta aquel momento había sido una mentira. Se dijo que aquel no había sido un año estelar para ninguno de los dos.

Una voz masculina muy familiar la sacó de sus pensamientos.

–¿Agua con gas?

Se dio la vuelta y vio a Nic, que tenía una copa de agua mineral en una mano y una de champán en la otra. Llevaba un esmoquin. Al verlo, Desi deseó arrojarse entre sus brazos, acurrucarse contra su pecho y fingir que todo iba a salir bien.

–Parece que tienes sed.

Desi aceptó el agua mineral y, mientras bebía, lo miró por encima del borde de la copa.

–¡Qué raro! Yo iba a decir lo mismo sobre ti…

–¿De verdad? –replicó él con una media sonrisa que ella adoraba–. Bueno, tú no podrías estar equivocada.

–En ese caso, deberías beber.

–Bueno, tengo la intención de hacerlo. De hecho… –empezó. De repente, entornó la mirada y la miró fijamente–. ¿Qué es lo que pasa?

–Nada en absoluto –mintió Desi–. ¿Por qué?

–Te ocurre algo –insistió mirándola con preocupación ante la sorpresa de Desi, que no entendía cómo se podía haber dado cuenta–. Ya lo sé…

Durante un instante, Desi pensó que le había leído el pensamiento.

–Es esto –añadió él mientras le cubría la mejilla con la mano y le frotaba suavemente el pulgar cerca de la comisura de la boca–. No tienes el hoyuelo. Eso solo te ocurre cuando estás disgustada.

Nadie se había percatado antes, ni siquiera ella. Se había pasado gran parte de su vida pensado que tenía una gran habilidad para ocultar sus sentimientos y, bastaba con que apareciera Nic en su vida para que esa creencia se esfumara. ¿Cómo había sido capaz de notar algo así cuando apenas se conocían, cuando ni siquiera ella conocía aquel detalle?

–Desi, ¿qué te ocurre?

–Nada…

–No me hagas eso. No finjas conmigo.

–No estoy fingiendo, te lo juro. Ha sido un día de locos, pero ahora estoy bien.

Desi vio que él comprendía lo que ella no había sido capaz de decir: que estar con él le hacía sentirse bien, pero Nic no dijo nada. En vez de eso, dejó la copa de champán sobre la bandeja de un camarero y la estrechó entre sus brazos.

—¿Es ahora cuando me invitas a bailar? —bromeó ella.

—En realidad, es la parte cuando te saco al exterior para devorarte.

Sin embargo, contradijo sus palabras la llevó a la pista de baile, que estaba casi vacía, y la animó a contonearse al ritmo de una canción que Desi reconoció enseguida, pero a la que no pudo poner nombre.

—Pensé que ya te había dicho antes que esta noche no íbamos a hacer el amor en el balcón.

Nic se echó a reír e inclinó la cabeza para darle un beso en el hombro.

—Sí, pero lo he comprobado. No hay balcón.

Desi se echó a reír también. Por muy terrible que fuera su estado de ánimo, Nic siempre encontraba la manera de alegrarla.

—Entonces, ¿me tomo eso como un sí? —le preguntó él.

—Tómatelo como un tal vez.

—Bueno, tal vez no es un no.

—No, no lo es, pero no es un sí tamp…

Se interrumpió a mitad de la frase. Se había tenido que aferrar a él porque Nic, de repente, la había levantado y había comenzado a dar vueltas con ella.

—Suéltate…

Nic la apartó cuidadosamente de su cuerpo. Aunque iba en contra de su instinto, Desi hizo lo que él le había pedido. Entonces, empezó a reír a carcajadas mientras él la hacía dar vueltas, dejándose llevar.

Entonces, sintió que ocurría. En medio de una pista

de baile, en una elegante fiesta benéfica, en un ambiente de que él formaba parte y ella no, Desi sintió que se enamoraba perdidamente de Nic Durand.

Se pasó la noche rompiendo todas las reglas. En vez de pasar desapercibida para poder observar a los ricos y famosos, permitió que se los presentaran e incluso charló con ellos. Una vez más, no le quedó más remedio.

Ser la pareja de Nic Durand significaba estar rodeada de gente todo el tiempo. Tal vez era un recién llegado para la alta sociedad californiana, pero Nic tenía la clase de personalidad que atraía, el hombre del que todos quieren ser amigos. Rico, guapo, simpático… ¿Cómo era posible que no le cayera bien a todo el mundo?

Nic no le permitió en ningún momento que se mantuviera en un segundo plano, tal y como había sido su deseo. Se aseguraba de que siempre estuviera a su lado, cuidándola y asegurándose de que se divertía. Demostraba a cada paso que se enorgullecía de tenerla a su lado.

Eso significó que tuvo que tomar notas mentalmente para poder escribir su artículo al día siguiente. En dos ocasiones, se escapó al tocador para poder estar a solas y tener el tiempo necesario para poder utilizar su grabadora y anotar todos los datos.

Nic no había ocultado en ningún momento quién era y lo que estaba haciendo allí, pero a nadie pareció importarle. Al menos por lo que le pareció a ella, todos se comportaban exactamente de la misma manera.

Al menos hasta que conoció a Marc Durand.

Desde el momento en el que cruzó la mirada con el hermano de Nic, supo que tenía problemas. No podía decir que no se los mereciera, porque era así. Él era el presidente de Bijoux, el hombre al que había estado a punto de acusar públicamente de mentir, robar y apoyar las más escandalosas violaciones de los derechos humanos. ¿Acaso era de extrañar que la mirara como si quisiera despedazarla poco a poco?

Los dos se vieron antes de que Nic se percatara de lo que estaba ocurriendo. Desi trató de escabullirse antes de que el mayor de los Durand pudiera montar una escena, pero Nic se lo impidió en cuanto notó que iba separándose de él.

–¿Va todo bien?

Desi no supo qué responder. Se limitó a sacudir la cabeza y dejar que sus ojos encontraran a Marc y a su pareja, que estaban charlando con el alcalde de San Diego.

Nic siguió su mirada y, de repente, pareció comprender lo que ocurría. Entonces, la estrechó contra su cuerpo y le susurró al oído:

–Todo está bien. No te preocupes.

¿Que no se preocupara? A Nic le resultaba fácil decirlo.

Dedicó una sonrisa a su hermano, pero Marc siguió contemplando a Desi con desaprobación. Ella decidió que estaba en su derecho. Después de todo, le debía una disculpa, y aquel momento era tan bueno como cualquier otro para hacerlo. Simplemente deseó que no tuviera que ser delante de todas aquellas personas. La humillación de haberse equivocado ya era suficiente como para encima tener testigos.

Nic debió de darse cuenta de lo que ocurría porque, después de excusarse en el grupo con el que estaba charlando, le colocó a Desi la mano en la espalda y la empujó directamente al lugar en el que se encontraba su hermano.

—Hola, Marc —le dijo cuando llegaron junto a la otra pareja. Le dio a su hermano una palmada en la espalda y se volvió a mirar a su acompañante, una bella pelirroja—. Isa, esta noche estás tan guapa como siempre —añadió antes de inclinarse sobre ella para darle un beso en la mejilla.

—Hago lo que puedo —comentó ella abrazándolo afectuosamente—, pero mantenerse al mismo nivel que los Durand no resulta fácil.

—Bueno, no creo que debas preocuparte por eso —comentó ella—. Ciertamente, has tenido a Marc siempre pendiente de ti a lo largo de los años.

—Sí, bueno, alguien tenía que hacerlo —replicó ella mientras dedicaba una afectuosa mirada al hombre en cuestión y luego entrelazaba la mano con la de él.

—Es cierto —comentó Nic mientras hacía avanzar a Desi hacia ellos—. Desi, esta es mi futura cuñada, Isa. Isa, te presento a Desi.

Nic la estrechó contra su cuerpo aún más si cabe. Fue la primera pista que tenía o, al menos la primera de la que ella se percataba, de que los sentimientos de Nic pudieran ser tan fuertes como los de ella. El pánico se apoderó de Desi al pensarlo. Eso unido a la incomodidad que sentía por conocer a Marc hizo que, durante un instante, lo único que ella deseara fuera un lugar en el que esconderse.

A pesar de todo, se sentía en deuda con él. Por eso,

cuando Nic procedió a presentársela a su hermano, Desi se aseguró de mirar a Marc a los ojos. Era tan guapo como Nic, pero mucho más frío y distante.

Extendió la mano para saludarle.

–Resulta agradable poder poner por fin rostro a un nombre –dijo Marc, observándola con frialdad–. Nic lleva meses hablando de su Desi.

Aquellas palabras deberían haberle hecho sentir mejor, pero había algo en el modo en el que las pronunció que hizo que las palabras sonaran como una condena en vez de como una simple observación.

En realidad, para Marc, ella era la mujer que había seducido a su hermano, que se había quedado embarazada de él y que luego había desaparecido para escribir una sarta de mentiras sobre ellos.

–En realidad, me alegra tener la oportunidad de conocerte –le dijo ella.

–¿De verdad? ¿Y por qué?

–Quiero disculparme por todos los problemas que mi artículo le haya podido causar.

A su lado, sintió que Nic se tensaba y que se movía como si fuera a decir algo.

–Sé que no es suficiente –prosiguió, manteniendo la voz serena a pesar de que la mirada de desprecio que Marc le estaba dedicando–. De igual modo, sé que podría haber hecho mucho daño si ese artículo se hubiera publicado. Cometí muchos errores mientras lo escribía, uno de los cuales fue no hablar con Nic por lo que había ocurrido entre nosotros. Siento mucho por lo que os he hecho pasar.

–Está bien, Desi –le dijo Nic mientras le rodeaba los hombros con gesto protector–. Marc lo comprende.

Aquellas palabras fueron acompañadas de una dura mirada con la que Nic le comunicó a su hermano que era mejor que aceptara la disculpa de Desi o lo tendría que pagar más tarde.

Isa tomó la palabra y rompió la evidente tensión.

—El lado positivo es que, si no hubieras escrito ese artículo, Marc y yo seguramente no estaríamos juntos ahora. Ni Nic ni tú tampoco. Por lo tanto, han salido de ello dos cosas muy buenas, ¿no?

—Por supuesto —afirmó Nic.

—Eso es bueno —concluyó Marc. Su voz sonaba mucho más simpática. Sin embargo, la tensión seguía presente incluso a pesar de que estaba sonriendo. Desi comprendió que el asunto no había quedado tan resuelto como Nic hubiera deseado.

Capítulo Catorce

La situación tardó dos horas en aclararse. En ese tiempo, Desi bailó con Nic, grabó muchas notas sobre el evento e incluso dejó que Nic la convenciera para que pujara por una cuna de madera, que había sido donada por un artesano de San Diego.

Una voz traidora le dijo que quedaría muy bien en la casa de Nic. Por supuesto, ella no estaba pensando seriamente mudarse con él, pero la cuna era muy bonita y a ella le encantaría acostar a su hijo en ella. ¿A quién le importaba donde terminara mientras mantuviera a su hijo seguro y feliz?

–¿Te apetece más agua? –le preguntó Nic cuando terminaron de bailar y abandonaban la pista de baile.

–En realidad, estaba esperando mi oportunidad –le dijo Marc de repente. Acababa de aparecer de ninguna parte–. ¿Quieres bailar conmigo, Desi?

Ella sabía que debía negarse, pero no quería causar problemas entre Marc y Nic. Además, decidió que tendría que enfrentarse tarde o temprano a Marc, dado que él era el tío de su hijo. Era mejor zanjar el asunto de una vez por todas para poder dejarlo atrás.

–En realidad, iba a por un poco de agua para ella –comentó Nic para tratar de sacarla del apuro.

–Me encantaría bailar contigo, Marc –replicó Desi. Entonces, le dio un beso a Nic en la mejilla–. No te preocupes. El bebé y yo estamos perfectamente hidratados, así que deja de preocuparte y vete a bailar con Isa.

Entonces, se volvió a Marc y dejó que él la tomara entre sus brazos. Era un estupendo bailarín. Estuvieron unos minutos moviéndose. Cuando terminaron de dar la segunda vuelta a la pista, Desi no pudo contenerse.

–Quitémoslo de en medio, ¿te parece?

Marc la miró con una expresión de sorpresa en el rostro.

–Estoy empezando a darme cuenta de lo que a Nic le gusta de ti.

–Eso no es cierto. En realidad, no quieres que tu hermano se acerque a mí.

–*Touché* –admitió él–. Desgraciadamente, Nic no comparte mis sentimientos y, dado que tú llevas en tu vientre al primer heredero de Bijoux, ya no es una opción.

–Si es así, ¿qué es lo que quieres?

–Y yo que estaba a punto de hacerte la misma pregunta…

–Yo no quiero nada.

–Todo el mundo quiere algo, Desi. Es parte de la naturaleza humana. Prefiero conocer tu juego ahora que descubrirlo al final, cuando hayas destruido a mi hermano.

–Eso no va a ocurrir.

–En eso estás en lo cierto, porque yo no voy a dejar que ocurra. Por eso, dime lo que quieres y me aseguraré de que lo recibas a cambio de…

–¿A cambio de qué? –le preguntó Nic de repente. Acababa de aparecer a su lado y se había interpuesto entre ellos–. ¿Qué estás haciendo, Marc?

Nic mantuvo la voz baja y una actitud relajada, pero la furia se le reflejaba en la mirada. Marc parecía estar tan enfadado como su hermano.

–Soy yo el que debería hacer esa pregunta. Esta mujer ha estado a punto de destruirnos y ahora estás viviendo con ella. Entiendo que ella va a tener un hijo tuyo, pero eres más estúpido de lo que había creído si no te has dado cuenta de que te tendió una trampa. No sé qué es lo que busca todavía, pero no puedes estar tan cegado por el sexo como para saber que tiene que haber alguna razón.

Nic apretó los puños.

–Vas a callarte ahora mismo y a retirar todo eso.

–Nic, no importa –susurró Desi tratando conseguir que reinara la paz entre los dos hermanos–. Marc solo está tratando de protegerte.

–Sí, bueno, pues lo está haciendo fatal –replicó él.

–¿Y qué vas a hacer tú? –le desafió Marc–. ¿Me vas a dar un puñetazo en medio de la fiesta? Adelante. Sería una estupenda publicidad para Bijoux. ¿O acaso la semana que llevas con ella te ha hecho olvidar todo por lo que hemos trabajado tanto?

–Creo que eres tú el que se ha olvidado…

–¡Basta ya, Nic! –exclamó Desi agarrándole del brazo. No pensaba convertirse en la causa de que los dos hermanos tuvieran una pelea en público.

–Está bien, ya basta –intercedió Isa. Agarró a Marc del brazo y tiró de él–. Ya hablareis de esto mañana en el despacho, Ahora, Marc, quiero que me lleves a casa.

–Aún no hemos terminado –dijo Nic.

–Claro que habéis terminado. Todos hemos terminado –le espetó Isa–. Tu hermano necesita pensar.

–No tengo cinco años –protestó Marc.

–En ese caso, deja de comportarte como si los tuvieras –replicó ella sin dejar de tirar de él.

–Vamos a tener que hablar mañana, Nic –le dijo Marc.

–Por supuesto que sí. Y tendrás que disculparte con Desi…

–Eso no es necesario, Nic –dijo Desi mientras Marc e Isabella se marchaban por fin.

–Por supuesto que lo es. Tú eres mi… –Nic se interrumpió y se mesó el cabello con frustración–. No voy a permitir que te hable de ese modo.

Una parte de ella ansiaba saber qué era lo que Nic había estado a punto de decir, pero otra sabía que era mejor no saberlo.

–Solo está tratando de protegerte…

–¿Cómo me puedes estar diciendo eso ahora? –le preguntó mientras los dos abandonaban la pista de baile–. Te insultó. ¿Por qué lo defiendes?

–Porque es tu hermano y te quiere. Es natural que sospeche de mí. ¿Por qué no iba a hacerlo después de los problemas que he causado?

Nic la miró con gesto pensativo.

–Yo no sospecho de ti.

–Porque tú eres un idiota…

–¡Eh!

–O tal vez porque eres la mejor persona del planeta –continuó ella como si Nic no la hubiera interrumpido–. Aún no lo he decidido.

–Bueno, después de que hayamos llegado a casa, tal vez pueda encontrar el modo de ayudarte a que te decidas –susurró él con voz profunda.

Ella le dedicó una seductora mirada.

–Tal vez puedas –replicó.

Sin embargo, mientras salían de la sala al aparcamiento, en el que, como por arte de magia, los estaba esperando la limusina, Desi se dio cuenta de que no podía olvidar las palabras de Marc ni el gesto que había aparecido en su rostro cuando se dio cuenta de que Nic se ponía de su lado en contra de él.

No podía hacerlo. No podía ser quien separara a los dos hermanos. No podía ser la persona que rompiera la relación más importante de la vida de Nic. Ella había estado siempre sola y sabía lo que se sentía. No se lo desearía a nadie, y mucho menos a su maravilloso Nic.

No se lo podía decir. ¿Cómo iba a hacerlo si él la tocaba y la miraba como si fuera una diosa? Una parte de su ser quería gozar de aquella sensación, pero, ¿en qué clase de persona se convertiría si lo permitiera? Terminaría, porque siempre terminaba y, entonces, Nic se quedaría solo. Desi no le podía hacer algo así. No se lo haría.

Desgraciadamente, eso significaba que tenía que marcharse, pero, al menos, podría disfrutar de aquella noche antes de que todo terminara. Y lo haría al máximo.

No hablaron mucho durante el trayecto a casa de Nic. Estuvieron tocándose, besándose, rozándose… Cuando la limusina se detuvo frente a la enorme casa de Nic, Desi ardía de deseo. Y de desesperación al saber que aquella sería la última vez que estarían juntos.

En el momento en el que la puerta se cerró a sus espaldas, Nic la tomó entre sus brazos y la empujó contra la pared. Empezaron a besarse, entrelazando labios, lenguas y cuerpos. No se podía distinguir dónde empezaba uno y dónde terminaba el otro.

Nic le deslizó las manos por los muslos y comenzó a levantarle la ropa. Luego, empezó a pelearse con la ropa interior. Sin embargo, Desi sabía que, si le permitía que la tocara, los dos se verían consumidos por las llamas del placer. Lo deseaba. Su cuerpo lo pedía gritos, pero quería que él gozara más que ella. quería llevarlo tan algo como Nic la había llevado a ella y ver luego cómo explotaba en mil pedazos a causa del éxtasis que había experimentado.

Por eso, le apartó de su lado.

–Desi, ¿qué es lo que ocurre? –le preguntó él, confundido–. ¿Te encuentras bien?

Desi no respondió. Se limitó a colocarle las manos sobre los hombros y lo empujó. Entonces, hizo que se diera la vuelta hasta que fue él quien estuvo de espaldas a la pared.

Entonces, Desi se tomó su tiempo. Si aquella era la última vez que estaba con él, quería ir muy lento, quería que durara. Quería que fuera perfecto.

Le sacó la camisa de los pantalones y se la fue desabrochando lentamente. Le deslizó las manos sobre el fuerte torso, gozando con sus exclamaciones de placer, con las súplicas que se le escapaban de los labios mientras ella lo desnudaba por completo.

Entonces, se arrodilló delante de él y comenzó a besarlo, a lamerlo y a acariciarlo. Nic no dejaba de repetir su nombre y su profunda voz resonaba dentro de Desi, llenándola por completo, tanto que sintió que el corazón se le partía en dos en el mismo instante en el que Nic se desmoronaba ante ella.

Capítulo Quince

Nic se despertó solo. Una vez más.

Al principio, no se podía creer que Desi se hubiera marchado. ¿Cómo podía haberse ido después de la noche que habían pasado? Desi le había hecho el amor como si Nic lo fuera todo para ella y él había tratado de corresponderla, había tratado de decirle con hechos lo que ella aún no se creería si se lo decía con palabras: que estaba enamorado de ella y que quería pasar el resto de su vida haciéndola feliz a ella y al hijo de ambos.

Se puso unos pantalones y se dirigió a la cocina para ver si tal vez se encontraba allí haciendo café o preparando el desayuno...

La cocina también estaba vacía, al igual que el resto de la casa. Desi no estaba en ninguna parte. Lo peor de todo era que Nic no sabía por qué.

La noche anterior no había parecido estar enfadada con Marc, sino tremendamente comprensiva. Incluso había animado a Nic a olvidarse del rencor y hablar con su hermano para solucionar la situación.

Regresó al dormitorio para llamarla por teléfono.

Cuando lo tomó, vio que tenía una serie de mensajes de texto de Desi:

Lo siento, Nic. Esto no funciona. Pensé que podría hacerlo, pero no puedo. Pienso tener al niño de todos modos y, por supuesto, tú podrás participar de su vida en la medida que desees. Sin embargo, tener una relación, vivir juntos... Eso no es para mí. Haré que envíen tus cosas a tu despacho esta misma semana. Solo te pido que no te pongas en contacto conmigo hasta que yo no me ponga en contacto contigo. Lo haré, te lo prometo, pero no en un futuro cercano. Gracias por todo.

Nic leyó el mensaje más de una docena de veces, hasta el punto de que lo memorizó tan bien que ni siquiera tenía que mirarlo para poder recitarlo. Sorprendido y destrozado a la vez, se sentó en la cama con la cabeza entre las manos para tratar de comprender qué era lo que había ocurrido.

Todo parecía ser mejor que la primera noche que habían disfrutado juntos porque, en aquella ocasión, los dos sabían que significaba algo.

O, al menos, él había pensado que significaba algo. En aquellos momentos, sentado en una cama vacía que aún olía a ella ya no estaba tan seguro. De repente, no estaba seguro de nada en lo que se refería a Desi y él y la relación que Nic se había esforzado tanto por construir con ella por el bien del bebé... por él mismo...

Amaba a Desi. La amaba más de lo que había amado nunca a nadie. Muchos dirían que era ridículo enamorarse de alguien tan rápidamente, pero él sabía que no era el caso. No se había enamorado de Desi en los últimos días, sino que se había enamorado de ella aquella noche, la primera, cuando la llevó a su casa y le hizo el amor como si la vida le fuera en ello. Y así era. Le iba en ello la vida que quería tener, una vida con ella y con su hijo.

Habría jurado que ella sentía lo mismo, si no desde aquella primera noche, al menos desde la anterior, cuando habían hecho el amor una y otra vez. Maldita sea... No podía haberse equivocado de tal manera. No podía haber imaginado la mirada de sus ojos o el amor que se le reflejaba en la voz o la ternura de sus caricias. No se podía haber imaginado todo aquello.

Eso significaba que ella no había respondido a todas sus preguntas después de todo. Le había faltado una, la única respuesta que ella no le había dado. ¿Por qué? Y allí, con el teléfono en la mano y el corazón en el suelo, comprendió que era la única respuesta que importaba.

Nic llegó al apartamento de Desi antes que ella. Mientras bajaba las escaleras de la azotea, rezó para no llegar demasiado tarde. Rezó para que ella hablara con él, para que le escuchara y le diera la oportunidad de arreglar lo que hubiera podido estropear.

Se pasó más de cinco minutos llamando a la puerta hasta que comprendió que un helicóptero era mucho más rápido que un coche y que ella ni siquiera había llegado aún a su casa. Cuando lo comprendió, permaneció allí varios segundos pensando si debía respetar los deseos de ella y esperar a que ella llegara para entrar o ampararse en el elemento sorpresa y esperar dentro. No hubo mucho debate. Nic necesitaba de su parte toda la ayuda que pudiera conseguir.

Entró en el apartamento y comenzó a pasear de un lado a otro mientras que esperaba. Los nervios le impedían sentarse y así podía repasar todo lo que le iba a decir cuando llegar. Nada le parecía lo suficientemente bueno o convincente, hasta el punto de que decidió que no habría modo alguno de convencerla de que la deseaba, de que la necesitaba. De que la amaba.

Seguía pensando qué decir para defender mejor su caso cuando se abrió la puerta. Allí estaba Desi, mirándolo con sorpresa y agotamiento en los ojos.

–¿Qué estás haciendo aquí? –le preguntó ella mientras cerraba la puerta y dejaba su bolsa de viaje en el suelo.

–He venido por ti…

No era nada de lo que había ensayado o planeado, pero era real y sincero.

Desi respiró profundamente y, antes de que Nic pudiera reaccionar, se desmoronó sobre el suelo, sollozando. Nic se acercó a ella inmediatamente y se dejó caer a su lado.

–No, Desi, no… por favor, no llores… no llores. Lo siento. Sea lo que sea lo que he hecho, lo siento mucho.

Esas palabras tan solo consiguieron que ella llorara con más fuerza. A Nic se le rompía el corazón de verla así y pensar que, de algún modo, él pudiera ser la causa de tanta desesperación. Cuando no pudo soportarlo más, le apartó las manos del rostro y se sentó a Desi en el regazo.

–No…

–Calla –le dijo él–. Relájate y deja que te cuide.

–No necesito que me cuides…

–Lo sé muy bien, pero necesito hacerlo –susurró él mientras la acunaba suavemente–. Por favor, deja que te abrace.

Desi no paraba de llorar, pero ya no volvió a protestar. Simplemente se acurrucó sobre el regazo de Nic y se puso a llorar contra su pecho. No paraba de llorar. Cuando Nic ya no pudo soportarlo más, inclinó la cabeza y comenzó a besarle suavemente la sien y las mejillas mientras le suplicaba en voz muy baja:

—Desi, por favor… Dime lo que te pasa. Deja que te ayude, por favor, nena… —musitó. En ese momento, notó que ella se tensaba entre sus brazos y recordó la reacción que Desi había tenido la última vez que la llamó nena–. Lo siento…

—Deja de decir eso, nada de esto es culpa tuya, sino mía.

—Es nuestra en todo caso. Yo estoy haciendo algo que te aleja a ti de mí y, sea lo que sea, lo siento. Sin embargo, te ruego que hables conmigo. No te puedes marchar como si no fuéramos nada. Estás esperando un hijo mío…

—Ya te he dicho que podrás ver al niño cuando quieras.

—Y yo te lo agradezco, de verdad, pero no es solo al niño a quien quiero ver.

—No lo dices en serio…

—Claro que sí.

—No puedes…

Desi se levantó y Nic hizo lo mismo.

—Para. Ya está. Para un momento, por favor.

—Sí, de acuerdo… Claro.

Desi se echó a reír.

—¿Por qué tienes que ser tan perfecto?

—Yo no…

—Claro que lo eres. Lo supe aquella primera noche. Todo era tan… maravilloso que me dio miedo. Me hizo salir huyendo de tu lado tan lejos y tan rápido como pude. Todo debería haber salido bien. Si no me hubieras encontrado, todo habría salido bien. Pero estás aquí y me estás rompiendo el corazón…

–Yo no quiero romperte el corazón ni quiero que tú rompas el mío. Te amo, Desi. Estoy enamorado de ti y quiero estar a tu lado. Quiero casarme contigo. ¿Por qué te resulta tan difícil de comprender?

–Porque nadie lo ha querido nunca.

–¿Casarse contigo?

–No. Amarme.

–Eso no puede ser cierto.

–Pues lo es –confesó ella bajando ligeramente la cabeza–. Nadie me ha querido nunca, a excepción de mi madre, y ella murió cuando yo tenía nueve años, por lo que de eso hace mucho tiempo. Mi padre sufrió mucho cuando ella murió. No pudo superarlo y no supo cómo ocuparse de mí. Él también era reportero, uno de los mejores periodistas de investigación del mundo. El día después del entierro de mi madre, me dejó con mis abuelos y se marchó a buscar una guerra de la que informar. Regresó unos meses más tarde, justo a tiempo para pelearse con mi abuela y apartarme de ella, no porque quisiera estar conmigo, sino para castigarla a ella por haberle dicho que era un padre terrible para mí. Dos semanas más tarde, me dejó con un compañero suyo de la universidad y la esposa de este para marcharse de nuevo. Seis meses después, regresó porque su amigo iba a ser padre y ya no me querían en su casa. Por lo tanto, me llevó con su hermana. La noche que se marchó, me llamó nena cuando me fui a la cama. Lo supe. Solo me llamaba así cuando se iba a marchar. Me quedé tres meses con mi tía, pero luego ella me envió con el hermano de mi madre. Así más o menos fue mi vida hasta que me gradué en el instituto y me marché a la universidad. ¿Y sabes lo peor de todo? En la fiesta de anoche comprendí que había hecho todo esto por él. Me saqué el título de periodismo. Llevo dos años escribiendo estúpidos artículos de sociedad para el *Los Angeles Times*. Acepté el artículo de Bijoux, aunque sabía que no debería hacerlo. Hice todo esto por él, esperando que algún día pudiera sentirse orgulloso de mí. ¿No te parece patético? ¿Ves lo ridícula y patética que soy?

—Eso no es cierto.

Desi se negaba a mirarlo. Nic quería verle el rostro, pero ella no levantaba la cabeza. Él no sabía qué hacer. Él había tenido unos padres ausentes. Su progenitor estaba más interesado en acostarse con mujeres a las que doblaba la edad que en su familia. Su madre estaba más pendiente de mantener las apariencias que de un esposo que no dejaba de engañarla. Sin embargo, a pesar de todo, Nic siempre había tenido un hogar. Siempre había sabido dónde iba a dormir y cómo sería el día siguiente en el colegio. Además, siempre había tenido a Marc, que había sido un hermano mayor maravilloso y siempre había estado de su lado.

¿Quién había estado al lado de Desi? Nadie. La idea de que la mujer que amaba hubiera estado básicamente sola a la edad de nueve años le provocaba un dolor insoportable.

—Por eso decidiste tener al bebé. Para tener a alguien que te amara.

—Puede —dijo ella. Se dirigió a la cocina y comenzó a prepararse un té—. Pensé en abortar, pero no… no podía. Jamás hubiera podido entregarle en adopción. Me volvería loca preguntándome si estaría bien, si se encontraría con alguien que lo amara o si simplemente... lo tolerarían. No pude soportar la idea de que mi hijo estuviera en un lugar en el que no se le quisiera.

Nic se acercó a ella y la tomó entre sus brazos. Le colocó las manos sobre el vientre. Sobre su hijo.

–Eso nunca le ocurrirá –le aseguró Nic–. No permitiremos que eso le ocurra. Sabrá todos los días de su vida que lo adoramos. Y tú también, si quieres confiar en mí. Si me dejas que te ame, no te prometo que no vaya a cometer errores, pero sí te prometo que te amaré para siempre. Estaré a tu lado cuando te despiertes y a tu lado cuando te duermas. A tu lado cuando me necesites.

–Eso no lo puedes prometer.

–Claro que puedo, Desi.

–No digas eso –susurró ella rompiendo de nuevo a llorar–. No digas eso si no lo sientes.

–Jamás digo cosas que no siento –afirmó Nic mientras la tomaba entre sus brazos para consolarla. Desi lo miró por fin a los ojos–. Te amo. Te amaré mañana. Te amaré el año que viene. Te amaré dentro de veinte años. Si me lo permites, te amaré...

Desi le impidió que siguiera hablando con un beso.

–Deberías tener mucho cuidado con esa promesa –le dijo cuando pudo recuperar el aliento.

–Yo siempre tengo mucho cuidado con mis promesas –respondió Nic–. Nunca las rompo.

–Lo sé. Yo casi nunca hago promesas –dijo tras darle otro beso en los labios–, porque no creo que deban romperse. Sin embargo, si me lo permites, te prometeré a ti una cosa.

Nic asintió inmediatamente. Se sentía muy ansioso por escuchar lo que ella tenía que decirle.

–Te prometo, Nic Durand, que te amaré mientras viva. Viviré contigo en esa gran casa que tienes junto al océano. Me reiré contigo. Criaré a nuestros hijos contigo. Y te amaré hasta que muera.

Los ojos de Nic se llenaron también de lágrimas, pero cuando trató de tomarla entre sus brazos, Desi levantó una mano.

–Aún no he terminado.

Desi ya le había prometido todo lo que quería escuchar, mucho más de lo que nunca había imaginado tener cuando se montó en el helicóptero para ir tras ella. Sin embargo, asintió y escuchó atentamente lo que ella tenía que decir.

–No solo eso, sino que también te prometo que nunca más volveré a escribir otro artículo sobre ti o sobre tu hermano o vuestra empresa mientras los dos vivamos.

Nic se echó a reír. Estaba consiguiendo todo lo que deseaba y lo único que él tenía que hacer a cambio era enamorarse de la mujer más maravillosa del mundo. Se sentía como si hubiera hecho trampas y hubiera conseguido ganar. Era una sensación maravillosa, una sensación que atesoraría el resto de su vida.

Por ello, la tomó entre sus brazos y, mientras recorría con ella los veintidós pasos necesarios para pasar del salón al dormitorio, le pidió una cosa más. Un nuevo sofá.

El hecho de que ella se riera solo un poco y cediera con muy poca insistencia por parte de Nic, le pareció a él señal inequívoca de que lo amaba profundamente.

Bianca

**Su orgulloso y apasionado marido...
la chantajea para que vuelva a su cama**

Cuando el marido siciliano de Emma descubre que ella es estéril, su matrimonio se rompe. Luego, de vuelta en Inglaterra, Emma descubre que ha ocurrido lo imposible... ¡está embarazada!
Pero la vida como madre soltera es muy difícil e, incapaz de pagar las facturas, solo tiene una opción: Vincenzo.
Ahora que sabe que es padre, Vincenzo está decidido a reclamar a su hijo y volver a Sicilia con él. Pero, si Emma quiere seguir con el niño, deberá volver a sus brazos y a su cama.

EL HIJO DEL SICILIANO

SHARON KENDRICK

Acepte 2 de nuestras mejores novelas de amor GRATIS

¡Y reciba un regalo sorpresa!

Oferta especial de tiempo limitado

Rellene el cupón y envíelo a
Harlequin Reader Service®
3010 Walden Ave.
P.O. Box 1867
Buffalo, N.Y. 14240-1867

¡Si! Por favor, envíenme 2 novelas de amor de Harlequin (1 Bianca® y 1 Deseo®) gratis, más el regalo sorpresa. Luego remítanme 4 novelas nuevas todos los meses, las cuales recibiré mucho antes de que aparezcan en librerías, y factúrenme al bajo precio de $3,24 cada una, más $0,25 por envío e impuesto de ventas, si corresponde*. Este es el precio total, y es un ahorro de casi el 20% sobre el precio de portada. !Una oferta excelente! Entiendo que el hecho de aceptar estos libros y el regalo no me obliga en forma alguna a la compra de libros adicionales. Y también que puedo devolver cualquier envío y cancelar en cualquier momento. Aún si decido no comprar ningún otro libro de Harlequin, los 2 libros gratis y el regalo sorpresa son míos para siempre.

416 LBN DU7N

_____
Nombre y apellido   (Por favor, letra de molde)

_____
Dirección   Apartamento No.

_____
Ciudad   Estado   Zona postal

Esta oferta se limita a un pedido por hogar y no está disponible para los subscriptores actuales de Deseo® y Bianca®.
*Los términos y precios quedan sujetos a cambios sin aviso previo.
Impuestos de ventas aplican en N.Y.

SPN-03   ©2003 Harlequin Enterprises Limited

Bianca

Jamás había esperado que su escapada de dos días terminara en chantaje, matrimonio forzado y la necesidad de proporcionar un sucesor

Gabriele Mantegna poseía documentos que amenazaban la reputación de su familia, por lo que Elena Ricci decidió que sería capaz de hacer cualquier cosa para evitar su divulgación, incluso casarse con el hombre que terminaría traicionándola.

Sin embargo, cuando Elena comprobó cómo las caricias de Gabriele prendían fuego a su cuerpo, se preguntó qué ocurriría cuando la química que ardía entre ellos, y que los consumía tan apasionadamente como el odio que ambos compartían, diera paso a un legado que los acompañaría toda la vida…

HARLEQUIN **Bianca**

CASADA, SEDUCIDA, TRAICIONADA…
MICHELLE SMART

CASADA, SEDUCIDA, TRAICIONADA…

MICHELLE SMART

Deseo

La novia secuestrada
Barbara Dunlop

Para hacer un favor a su padre encarcelado, el detective Jackson Rush accedió a secuestrar a Crista Corday el día de su boda con el hijo de una familia de la alta sociedad de Chicago. Su trabajo consistía en evitar que se casara con un timador, no en seducirla, pero los días que pasaron juntos huyendo de la familia del novio no salieron según lo planeado.

Crista no sabía el peligro que le acechaba. Jackson no podía explicárselo sin revelar quién le había enviado. Y era un riesgo que podía costarle todo, salvo si Crista se ponía bajo su apasionada protección para siempre.

Dos días juntos cambiaron todas las reglas

2